KB134603

집이 사람이다

# 집이 사람이다

그 집이 품고 있는 소박하고 아담한 삶

한윤정 글 · 박기호 사진

"마음이 약한 사람은 집을 그리워하고
마음이 강한 사람은 모든 곳이 집이라고 하고
깨달은 사람은 어느 곳도 집이 아니라고 한다.
집은 각자 마음속에 있는 것이다."

"안녕하세요. 저희 왔어요."

"아니 벌써 오셨어요?"

즐거운 집 구경은 보통 이런 대화로 시작되었다. 좋은 사진을 찍으려면 오전의 밝은 햇빛이 필요했기에, 그리고 가능하면 그 집에서 주인과 하루를 산다는 생각으로 실례를 무릅쓰고 아침 일찍 남의 집 대문을 두드렸다. 주인의 얼굴에는 사적인 공간을 내보인다는 멋쩍음과 함께, 소중하게 가꿔온 집에 대한 자부심으로 순진한 미소가 피어올랐다.

'집이 사람이다'라는 등식은 집이 그 집에 사는 사람을 가장 잘 보여준다는 생각에서 나왔다. 사람을 알려면 집을 보면 된다. 거기에는 그들의 일, 취미, 취향, 관계, 가치관 등 삶의 모습이 고스란히 들어 있다. 살아온 시간과 경험, 거기서 건져올린 추억이 축적된 장소이기도 하다. 각자의 얼굴, 지문만큼이나 독특하고 유일한 개성을 지닌 공간이 집이다.

그런 집에 불쑥 들어갔으니 주인이나 방문객이나 긴장과 흥분이 교차하기는 마찬가지다. "여기는 거실이고요, 여기가 서재예요"라는 평범한 집 소개에서 시작된 이야기는 다양한 공간과 특별한 물건을 매개로 삼아 깊숙한 대화로 이어졌다. 자신의 꿈과 일, 거기서 겪은 기쁨과 보람, 고통과 좌절, 가족과 친구들, 미래에 대한 소망까지 짧은 시간에 솔직히 털어놓게 되는 과정은 집이 부리는 마술과도 같았다.

즉흥적으로 "우리 집에 가자"는 제안은 물론이고 집들이나 식사 초대조차 드물어진 요즘, 자신의 사적 공간을 드러내는 것은 불편한 일임이 틀림없다. 단단한 잠금장치만큼이나 집을 둘러싼 심리적 담장도 조금씩 높아져간다. 집은 개인과 가족의 삶이 담긴 내밀한 휴식 공간이자 개인의 가장 비싼 소유물이기 때문이다. 그게 아니라면 휴식과 재충전을 위한 편의 시설, 언제나 옮겨갈 수 있는 임시 거처일 수도 있다. 그러나 이 책에 소개된 이들은 집에 대해 남다른 생각을 갖고 있었다.

이들에게 집은 자아의 연장이다. 환경운동가 차준엽은 낡은 농가의 벽에다 물에 갠 흙을 몇 겹씩 손으로 발라 토담집으로 개조하는 과정을 통해 "환경운동을 문화인류학적으로 구현해보고 싶었다"고 말했다. 천연 재료를 사용해 온전히 주인의 노동만으로 완성된 토담집은 자연이 개발이나 보호의 대상이 아닌, 인간의 친구이자 안식처라는 그의 철학을 대변한다.

집의 내력을 중시하고 집에게 말 걸기를 시도한다는 점도 특별하다. 한국에서 활동하는 일본 저널리스트 도다 이쿠코에게 인천 개항지구의 90년 된 일본식 목조주택은 오랫동안 자신을 기다렸던 친구처럼 느껴졌다. 일본에서 일본사를 전공한 뒤 한국에서 한국근대사를 공부하고 중국에서 독립운동사와 조선족의 역사를 취재했던 그는 동아시아의 역사가 중첩된 장소에 뿌리를 내리면서 그 집의 원형을 찾아주었다.

집을 옮김으로써 생활을 바꾸고 거기에서부터 자신을 변화시킨 사람으로 가수 장필순을 들 수 있다. 그는 외형적인 데만 집중하고 너무 빠르게 변하는 음악시장에 회의를 느껴 제주도로 훌쩍 떠났다. 음악과의 단절을 택한 셈이지만, 헌집을 고치고 텃밭을 가꾸고 유기견들을 키우면서 하우스레코딩이라는 새로운 방식을 찾았다. 제주도 중산간의 외딴 집에서 만들어진 노래는 바다를 건너 대중과 교감한다.

집이 비단 물리적 실체에 그치지 않는다는 점을 들려준 이는 화가 김명희였다. 뉴욕 맨해튼 소호의 로프트<sup>Loft</sup>(공장을 개조한 아파트)와 강원도 산골의 폐교를 절반씩 오가는 삶을 꾸리는 그는 "마음이 약한 사람은 집을 그리워하고 마음이 강한 사람은 모든 곳이 집이라고 하고 깨달은 사람은 어느 곳도 집이 아니라고 한다. 집은 각자 마음속에 있는 것이다"라고 했다. 그의 그림은 집과 마찬가지로 현실과 맞닿은 상상을 불러낸다.

이 책에 소개된 이들의 공통점을 찾자면 많은 시간 동안 집에 대해 생각했고 오랜 시간에 걸쳐 자신의 소우주를 창조했다는 것이다. 흔히 말하는 좋은 조건의 집 대신 자신이 끌리는 집을 택했고, 원하는 모습의 집으로 만들기 위해 깊이 고민하고 공들여 고쳤으며 정성껏 가꿔왔다. 집이 자신의 삶을 담는 그릇이 되기를 받아들여 집과 더불어 대화하고 집에서 작업하고 즐기는 직주職住 일체형 생활을 한다.

의식주는 인간이 살아가기 위한 세 가지 필수요소다. 그런데 개인의 성향에 따라 강조점은 조금씩 다르다. 옷을 좋아하는 사람은 타인을 의식하는 사회적 성격일 가능성이 높다. 외부 시선에 대한 의식 없이 패션을 추구하기는 어렵다. 음식을 좋아한다면 쾌락적인 사람일 것이다. 요리는 순간의 예술이며 미식은 섬세한 집중을 요구하기에 조그만 마음의 그늘이라도 생기면 당장 입맛이 떨어진다. 이에 비해 집을 좋아하는 사람은 성찰적이라고 가정해본다. 그들은 자아의 확장인 집에 많은 관심을 기울임으로써 늘 자기 자신을 돌아본다.

우리가 삶을 바꾸고 싶을 때 새로운 장소를 찾는 건 공간이 제공하는 성찰성과 관련이 깊다. 수행자들은 높은 산이나 깊은 동굴을 찾아가 침잠하면서 내면의 소리를 듣는다. 세속에서 자기 자신을 격리시켜 자연·우주의 기운과 교감하는 행위다. 평범한 사람들은 틀에 박힌 일상에서 벗어나고 싶을 때 이사를 가거나 멀든 가깝든 여행을 떠난다. 낯선 장소에서 무디고 지친 정서를 변화시켜 삶을 지속시켜나갈 힘을 얻는다.

그런데 아무리 낯선 곳으로 떠나더라도 사람들은 그곳에서 일상을 재구축한다. 먹고 자고 시간을 보내는 공간을 자신에게 편리하도록 만든 뒤에야 안정감을 찾는다. 아무리 혹독한 환경에 던져지더라도 삶의 맥락을 구축하고 적응하게 되는 원리가 여기에 있다. 그 여정은 새로 집을 짓거나 자신만의 특별한 공간을 만들면서 겪는 모험과 비슷하다. 낯섦과 익숙함의 공존. 집짓기는 자신의 물리적 공간을 특별한 장소로 만드는 일이라는 점에서 여행이나 이주와 비슷한 흥분이 있다.

자신의 집에 고유한 개성을 부여한 이들은 정주자定住者처럼 보이는 여행자다. 진부한 통념을 거부하며 삶에 대한 호기심, 변화의 희망을 집이라는 그릇에 담는다. 집의 용도와 형태를 구상함으로써 삶의 내용을 디자인하는 과정이기도 하다. 그래서 집은 주인의 사고와 이력을 대변하며, 좋은 집은 그 자체로 다른 사람에게 자극과 영감을 준다.

좋은 집은 개인에게 삶을 성찰하고 경신更新하는 기회를 준다는 의미를 넘어 사회적으로 점점 주목받고 있다. 개발연대에 대규모로 똑같이 지어진 집들은 이제 낡고 흉물스럽다. 그러나 경제 저성장이 지속되면서 재개발 수익을 기대하기 어려워졌을 뿐 아니라 무조건 부수고 새로 짓는 불도저식 건설에 대한 반감이 생겼다. 동시에 시간이 쌓인 장소를 보존·개조함으로써 개성적 미감을 확보하려는 도시 재생이 화두가 되었다. 카페, 음식점 등 작은 가게들이 늘어나는 사회경제적 변화와 함께 독특하고 유용한 집에 대한 관심도 커졌다.

좋은 집이란 어떤 집일까? 각자마다 정의가 다르겠지만 이 책에 소개된 집들을 통해 좋은 집의 모습을 가늠해볼 수 있다.

첫째, 좋은 집이란 소박한 집이다. 필요한 것은 있고 불필요한 것은 없는 집에 들어섰을 때 "정말 좋은 집"이라는 감탄이 흘러나온다. 상투적이고 부박한 물건, 쓸데없이 자리만 차지하는 물건, 언제부터 거기 있었는지 기억조차 나지 않는 물건이 배제된, 단순하고 잘 정리된 공간은 수행자의 거처를 연상하게 만든다. 이런 집들은 아담하고 낡고 평범하면서도 품격과 향기가 있다. 주인의 정갈한 품성이 집에서 묻어나기 때문이다.

둘째, 좋은 집이란 시간이 쌓인 집이다. 오래된 집에는 풍성한 이야기가 있다. 그 이야기의 실마리는 할머니와 할아버지, 어머니와 아버지, 이웃과 친구, 사회와 역사에서 시작되어 현재의 주인에게 이어진다. 오래된 집에서 영감을 얻은 이들은 집을 매개로 과거와 대화하면서 자신의 정체성과 연속성을 찾아나간다. 과거의 이야기에다 현재의 이야기를 덧붙이는 경험을 선사하는 이런 집과의 만남은 우연, 나아가 운명이라고밖에 할 수 없다.

셋째, 좋은 집이란 예술이 태어나는 집이다. 예술가가 사는 집, 그들이 작업하는 공간은 늘 흥미롭다. 예술이 이전까지 없던 것, 감각을 일깨우는 것, 진선미를 동시에 추구하는 것이라고 할 때 집에서도 그런 요소를 발견할 수 있기 때문이다. 그들의 창조 본능은 세상에 하나밖에 없는 집을 만든다. 작업실인 동시에 전시장인 만큼 기능적이면서 아름답다. 예술가의 삶이 몰입과 헌신, 돈이나 지위 같은 세속적 가치의 포기를 요구할 때 그들의 집은 외부에 눈을 돌리지 않게 만드는 둥지의 역할을 한다.

넷째, 좋은 집이란 공동체를 향해 열린 집이다. 옛날 집들은 이웃과 사회를 향해 열려 있었다. 무람없이 드나드는 교류와 나눔의 장소였으며 경우에 따라 공적 사무와 사적 일상이 공존했다. 그러나 공사의 공간이 엄격하게 분리되면서 집은 외부와 격리되었다. 자신의 사적 공간을 개방함으로써 이웃, 사회와 더불어 지식과 경험, 무엇보다 즐거움을 나누려는 이들의 집에는 환대라는 소중한 가치가 들어 있다. 낯선 손님을 반갑고 따뜻하게 맞이하는 환대의 삶은 자기 집의 문을 열어놓는 결단에서 시작된다.

좋은 집을 구성하는 요소들은 사실 구분하기 어렵게 서로 연결되어 있다. 집의 내력과 주인의 삶이 만나면서 소박하지만 아름답게 가꿔진 공간, 즐거움과 영감을 제공하고 타인을 향해 열려 있는 공간. 좋은 집은 이렇게 정의된다. 그러나 좋은 집을 갖는 데는 이상과 현실의 양면이 공존한다. 투자와 수익이라는 측면에 눈을 감아야 하고, 공간을 만들거나 유지하는 데 따른 노력과 노동도 만만치 않다. 외부인의 시선에 포착된 낭만적 가치만으로 포장되지 않는 고통이 숨어 있다. 그런 포기와 노고를 마다하지 않았다는 점에서 이 집들은 더 아름답다!

2017년 11월

한윤정

# 차례

⌂

제1장

# 소박한 집

# 그 남자의 앉은뱅이
# 도란도란 토담집

▼

환경운동가 차준엽의 '토담집'

## 엄마의 자궁처럼 고즈넉한

해가 지자 토담집에서는 작고 따뜻한 축제가 열렸다. 타원형 창문마다 촛불이 켜졌고, 코굴이(강원도 귀틀집의 벽난로)에서는 소나무 가지의 잔향과 함께 빨간 불꽃이 타올랐다. 흙벽에는 사람과 물건의 그림자가 넘실거렸다. 난로에 원두를 볶아 내린 커피와 구운 감자, 고구마가 끼니였다. 이 집에서의 저녁은 동화 속 한 장면으로, 고대의 어느 토굴로, 엄마의 자궁으로 들어온 듯 고즈넉하고 즐겁다. 흙과 나무, 돌, 지푸라기로만 지은 3칸짜리 농가가 부리는 놀라운 마술.

이 집 주인은 환경운동가 차준엽이다. 그는 서울 방학동 은행나무 살리기 운동을 계기로 1990년대 '자연의 친구들'이란 단체를 이끌면서 환경운동에 헌신했다. 환경운동가로 활동하는 동안 그의 전적은 '10전 10승'이라고 할 만큼 눈부셨다. 설악산 골프장과 방태산 스키장 건설을 막았고, 광릉숲 출입 예약제를 도입했다. 한강 상수원인 팔당댐 보호를 위한 수변 구역을 만들었으며, 특히 우이령 도로 건설 저지와 수유리 민주열사추모공원 부지의 그린벨트 해제 반대 등 북한산을 지키는 일에 앞장섰다.

그러나 그는 2000년대 초반 환경운동 일선에서 물러났다. 환경이 주

요 정책 의제가 되고 환경단체가 제도권으로 들어가던 시점이었다. 그저 자연이 훼손되는 게 가슴 아파서 무작정 뛰어들어 청춘을 바쳤던 그는 조직을 운영하는 데 소질이 없었다. 그때부터 자연인으로 돌아와 서울과 시골을 오가는 생활이 시작되었다. 경기도 봉미산에서 자연농업을 해보기도 하고, 강원도 방태산에서 효소를 만드는 일도 했다. 환경 훼손 현장을 기록하기 위해 배웠던 사진이 어느덧 아마추어 작가 수준에 이르러 두 차례 사진전도 열었다.

방황과 모색의 시간이 10여 년 흘렀다. 새로운 환경운동이 무엇일까 고민하던 그는 아예 시골로 거처를 옮기기로 했다. 환경보호를 외쳤지만 정작 자신은 도시의 부박함 속에서 점점 자연과 멀어졌다는 생각을 했다. 생활비도 훨씬 적게 들 것 같았다. 2013년 지리산 방면으로 여행을 다녀오다가 충남 논산시 대둔산 기슭의 작은 마을을 보았다. 돌담이 예뻤고 편안한 느낌을 주었다. 동네의 한 폐가를 연간 25만 원에 임대했다. 오랫동안 사람이 살지 않아 성한 곳이 없었다.

### '꿈꾸는 별'

토담집은 100년 전에 지어졌다. 우리 할아버지들은 작은 농가나마 대들보에 건축 연도를 새겨 역사를 기록했다. 불이 난 흔적이 있으나 반듯하게 지어진 초가 삼 칸이다. 사방 2.4미터를 한 칸이라 하며 방 두 칸에다 부엌 한 칸이면 삼칸집이라 불렀다. 골조는 그대로 둔 채 1970년대 새마을운동으로 슬레이트 지붕을 얹은 게 현재 농가의 모습이다. 집을 세낸 그는 그동안 꿈꾸었던 집을 만들어보리라 결심했다.

천장을 털어냈다. 한옥의 백미인 서까래가 드러나면서 고래 뱃속 같

은 공간이 펼쳐졌다. 방과 붙은 광의 벽도 없앴다. 높낮이가 다른 하나

의 공간이 된 이곳은 손님을 맞고 차를 마시거나 음악을 듣는 거실이

다. 다른 방 하나는 침실로 쓰기로 했다. 마당과 툇마루가 있는 집의 전

면은 그대로 둔 채 왼쪽 측면과 뒷면에 친환경 벽돌로 벽을 한 겹 더 둘

렀다. 벽체를 보강하기 위해 돌을 주워 바깥 벽을 둘러쌓았다. 실내에

는 난방을 위해 코쿨이를 놓았다.

토담집은 그의 손으로만 완성되었다. 흙을 가져다 물에 개어 손으로 벽을 발랐다. 흙이 마르면서 잔금이 가면 그 위에 다시 바르기를 네다섯 차례 거듭했다. 손맛을 살리기 위해 흙손조차 사용하지 않고 맨손으로 바른 집은 정갈하면서 차진 느낌이다. 흙 위에다 밀가루 풀을 바르고 천장에는 한지로 도배한 게 내장의 전부다. 전국 어떤 황토집, 황토 찜질방도 이처럼 접착제를 전혀 쓰지 않는 건축은 불가능하다. 숨 쉬는 흙벽은 여름에는 시원하고 겨울에는 따뜻하다.

창문도 일일이 손으로 뚫고 다듬었다. 벽마다 외부로 열린 창문은 길쭉한 타원형이다. 유리를 끼워서 방바닥에 앉아 올려다보면 바깥으로 대둔산이 보인다. 해가 지고 달이 뜨는 모습, 눈비가 오거나 꽃이 피고 단풍이 드는 풍경도 볼 수 있다. 밤이 되면 이곳에 촛불을 켠다. 최소한의 전기만 쓰는 이 집의 조명이다.

난로를 집 안에 들이는 일은 생각보다 쉽지 않다. 고급 저택의 수입 난로조차 연기가 실내로 새어나와 장식물로 전락하기 일쑤다. 토담집 코굴이는 거뜬히 연기를 바깥으로 빨아낸다. 주변 지형, 바람길, 난로의 공기역학을 고려했기 때문이다. 중간에는 무쇠판이 박혀 있다. 오랫동안 온기를 머금어 열 손실을 막고 실내를 따뜻하게 해주는 장치다.

이 집의 유용한 공간 중 하나는 벽감이다. 외벽을 보강하면서 벽과 벽 사이에 공간이 생겼다. 밖으로 나오면 지저분하거나 별도 수납장이 필요한 물건들이 벽감 안에 얌전하게 들어 있다. 창문과 비슷한 모양의 구멍으로 손을 넣으면 물건이 잡힌다. 벽에 넣은 물건 가운데 압권은 앤티크 오디오다. 턴테이블과 앰프, 스피커가 거실 벽에 매립되어 있다. 그가 직접 통을 만든 스피커 중 한 개는 반대쪽 침실 벽으로 나와 있다. LP, CD는 물론 노트북 컴퓨터에 저장된 음원과 연결된다.

이 집에서 마시는 커피맛은 기가 막히다. 코굴이의 은근한 불에다 무쇠 프라이팬으로 커피콩을 볶아 벽에 달린 분쇄기로 갈아낸다. 버너로 물을 끓여 여과지에 내리자 도시의 어느 카페보다 맛있는 커피가 완성되었다. 주인과 손님이 마주 앉는 다실 탁자는 두 뼘 남짓한 넓이로 앞의 사람과 코가 닿을 정도여서 정겹다. 이웃 작은 암자의 비구니 스님이 선물한 짚방석은 이 집과 썩 어울렸다. 천장을 털어냈을 때 서까래 위에 있던 벌집은 그대로 천연 장식품이 되었다. 동백나무 잔가지를 꺾어 울타리처럼 둘러친 아름다운 촛대도 있다.

있을 것은 다 있고 없을 것은 없는 이 집. 처음에는 놀라 두리번거리게 되지만, 이내 내 몸처럼 익숙하다. "흙냄새는 위, 나무 냄새는 간, 지푸라기 냄새는 기와 혈, 나무 타는 냄새는 뇌파를 안정적으로 순환시켜준다"는 게 주인의 설명이다. 편안함의 비결은 자연 재료의 물리적 특

성만이 아니다. 토담집에는 직선과 직각이 없다. 나무 기둥도 흙벽도 자연의 선이다. 이 집 부엌 칸에는 세상에서 가장 편한 찜질방이 있다. 부엌 칸을 나눠 방을 들이고 장작을 지피는 아궁이를 만들었다. 천장과 벽, 바닥에 황토를 발랐다. 벽에는 유리가 반짝인다. 자세히 보니 유리컵이다. 밤에 누워 촛불을 켜면 벽이 밤하늘처럼 빛나는 이 방의 이름은 '꿈꾸는 별'이다.

이 집을 짓는 과정은 순탄하지 않았다. 방문객의 낭만적 감흥만으로 설명할 수 있는 일도 아니다. 주인은 2년 반, 그야말로 혼신의 노력을 기울였다. 생계를 위해 동네 밭농사를 돕거나 김장배추 절이는 일을 하면서 나머지 시간은 모두 집을 고치는 데 바쳤다. 무거운 흙을 나르고 천장까지 바르는 과정은 상상을 불허하는 고된 노동이었다. 몸에 무리가 왔다. 육체적 한계를 느낀 적도 있었다. 너무 힘들고 외로워 눈물이 나기도 했다. 이 모든 것이 "수행의 과정"이었다고 했다.

## '북한산 털보'의 자연 사랑

차준엽은 토담집을 통해 "환경운동을 문화인류학적으로 구현해보고 싶었다"고 말했다. 지금까지 자신의 삶을 형상화한 것이기도 하다. 자발적인 가난은 누추함을 넘어선다. 이 집은 자연과 더불어 사는 게 무엇인지, 최소한의 소비로 영위하는 일상이 어떤 모습인지 보여준다. 예술가 기질이 다분한 그는 "자연이 인류 정신문화의 뿌리"라는 생각으로 자연과 일치된 예술로서의 공간을 상상했다. 그는 이 집이 널리 알려지는 걸 원하지 않았다. 가까운 이들이나 휴식이 필요한 사람들이 찾아와서 편하게 쉴 수 있는 곳을 만들고 싶었다.

그는 과거에도 토담집의 원형을 시도한 적이 있다. 1988년 북한산 우이동 기슭의 슬레이트 시멘트 집을 임대해 코굴이가 놓인 토담집으로 개조해보았다. 1990년 4월 '자연의 친구들' 창립식이 열렸던 곳이기도 하다. 북한산은 그의 고향이다. 서울에서 태어난 그는 어렸을 때 자하문 근처에 살았다. 자두밭, 능금나무 과수원을 뛰어다니던 아이였다. 고등학교를 졸업한 뒤, 어느 날 그림을 그리기 위해 북한산에 갔다가 파헤쳐진 나무를 보았다. 교통사고를 당해 오장육부가 피투성이가 된 사람처럼 참혹한 모습이었다. 화구畵具를 놓고 바닥에 주저앉아 엉엉 울었다.

국토개발의 광풍이 불던 1970년대 청년 차준엽은 자연이란 화두를 가슴에 품고 열병을 앓았지만, 그의 주장을 이해하는 사람은 없었다. 1984년 북한산에 케이블카와 궤도열차를 놓고 골프장을 건설한다는

계획이 발표되자 반대운동에 뛰어들었다. 공청회에 참여하고 언론사를 찾아가 호소했다. 대학 산악반 모임에 가서 '당신들 친구인 북한산이 죽을 위기에 처했는데 가만히 있을 거냐'고 호소하기도 했다. 그렇게 뛰어다니느라 수염도 못 깎은 그에게 '북한산 털보'라는 별명이 붙은 것도 이 무렵이다.

그의 존재를 세상에 알린 방학동 은행나무 살리기 운동은 지금 생각해보아도 기적 같은 일이었다. 수령 500년인 나무의 생장에 해롭다며 1991년 4월 무기한 단식농성까지 벌여 대기업이 짓던 아파트의 층고를 낮추고, 원래 있던 연립주택 2동을 철거하는 성과를 거두었다. 명성황후가 임오군란 때 피란을 가면서 치성을 들였다던 그 나무는 서울시 보호수 제1호로 지금도 싱싱하게 자라고 있다. 차준엽은 "나무 때문에 집을 헐다니……내가 하면서도 그런 일이 생길지 몰랐다"고 회고했다.

그의 단식농성은 1994년 11월 미국 플로리다에서 열린 멸종위기동식물거래협약CITES 국제회의장 앞에서도 이어졌다. 협약에 가입했으면서도 웅담과 사향 보호조항을 지키지 않는 등 한국 정부의 미온적 환경정책에 항의하는 행동이었다. 1997년 유엔은 은행나무와 광릉숲 살리기, 멸종위기 동식물 보호운동 등의 공적으로 그에게 환경의 노벨상으로 불리는 'UNEP(유엔환경계획) 글로벌 500'을 수여했다. 1997년 6월에 CNN 뉴스, 2003년 12월에 BBC 지구환경보고서 프로그램에서도 그의 활동을 소개했다.

공적 활동을 접은 지금, 토담집 짓기를 통해 그가 전하는 메시지는 훨씬 근본적이고 혁명적이다. 환경운동이 제도화하고 경제개발이 녹색성장으로 포장되면서 환경이란 의제는 더욱 모호해졌다. 친환경은 상표가 되었고 자연보호는 이미지 전략으로 변했다. 토담집은 자연이 보호의 대상이 아니라 인간의 거처라는 점을 일깨운다. 사람들이 쓰다버린 폐가인 이 집은 차준엽에게 일종의 자연이다. 그는 그것을 잠깐 빌렸고, 쇠똥구리가 온몸으로 흙을 굴려 집을 짓듯 토담집을 완성했다. 지구상에 단 하나뿐인 집. 그 집에 들어선 사람은 누구라도 먹먹함을 느낄 것이다.

**차준엽**

1949년 서울에서 태어났다. 1984년 북한산 종합개발계획 저지운동에 참여한 것을 계기로 환경운동가의 길로 들어섰다. 1990년 시민환경단체 '자연의 친구들'을 만들어 방학동 은행나무 살리기, 멸종위기 동식물 보호운동 등 활발한 운동을 펼쳤다. 1997년 유엔 환경상을 수상했고 1999년 국회 환경포럼 자문위원을 지냈다. 2009년 사진전 '방태산 귀틀집 산중일기'를 열었다. 2017년 10월 토담집에서 숨졌다.

# 낭비하지 않는 절박함,
# 시를 닮은 그 여자네 집

▼

시인 조은의 '사직동 한옥'

## '어느 날 시가 내게 찾아왔다'

벼랑에서 만나자. 부디 그곳에서 웃어주고 악수도 벼랑에서 목숨처럼 해
다오.

그러면 나는 노루 피를 짜서 네 입에 부어줄까 한다.

아, 기적같이

부르고 다니는 발길 속으로

지금은 비가……

　　　　　　　　　　　　　　　　　　　　　－「지금은 비가……」


20대 중반 이 시를 썼던 그는 30년이 지난 지금도 벼랑에서 살고 있
다. 서울 종로구 사직동, 시인 조은이 오랫동안 살아온 13.75평의 작은
한옥은 대도시 한가운데 자리 잡은 그의 벼랑이다. 한 걸음도 더 뗄 수
없는 절박함, 어떤 여지도 낭비도 없음이 벼랑의 정의라면, 그의 시도
삶도 집도 벼랑이다. 조은의 시어는 단정하고 옹골차다. 화수분처럼 무
수한 단어 가운데 꼭 필요한, 최소한의 말만 골라 쓴다. 산문이라고 크
게 다르지 않다. 글을 쓸 때는 "바위에서 마지막 한 방울의 물까지도 짜
내는 심정"이라고 한다.

삶이 담긴 그의 집도 마찬가지다. 2000년 이사 올 때부터 재개발을 기다리는 헌 집이었다. 언제 나가야 할지 모르는 전셋집을 살뜰하게 손봐가며 생각보다 굉장히 오래 살았다. 많은 친구를 떠들썩하게 맞았고 전화선을 빼놓은 채 몇 달씩 혼자 지내기도 했다. 주인에게 구박받는 강아지 또또와 함께 이사 와서 13년 만에 하늘나라로 보냈다. 20권의 책 가운데 16권을 이 집에서 냈다. 『땅은 주검을 호락호락 받아주지 않는다』(1991), 『무덤을 맴도는 이유』(1996)였던 시집의 제목은 『따뜻한 흙』(2003)과 『생의 빛살』(2010)로 바뀌었다.

파블로 네루다는 '어느 날 시가 내게 찾아왔다'고 했다. 조은에게도 그랬던 것 같다. 우울한 청춘을 보내던 20대 중반의 그에게 언니가 시 강좌 등록증을 내밀었다. 돈을 주면서 등록하라고 하면 아마 안 했을 거란다. 처음 쓴 시가 「지금은 비가……」였고, 시의 진가를 알아본 이는 오규원 시인이었다. 그의 추천으로 1988년 계간 『세계의 문학』에 「땅은 주검을 호락호락 받아주지 않는다」 등을 발표하면서 시인이 되었다. 스승인 오규원은 처음에 이 시를 혹평했다. 그러나 등단하고 3년 뒤 민음사에서 나온 첫 시집에는 그의 권유로 이 시를 맨 앞에 실었다. "막 시를 쓰기 시작했는데 오래 시를 쓴 시인처럼 비약하는 인식이 계속 시를 쓰지 못하게 할까봐"라는 게 혹평의 이유였다.

그의 삶은 시인으로 정해졌다. 첫 시집이 나온 뒤 가족을 떠나 독립하기로 결심했다. 경북 안동이 고향인 그의 가족은 사람 좋은 아버지와 시골에서 보기 드문 미인이었던 어머니, 셋째 딸인 그를 포함한 2남 4녀의 자식들이었다. 아버지가 워낙 다른 사람에게 베풀기를 좋아해 가족들은 종종 경제적 궁지에 몰렸다. 호인인 아버지가 딸에게 어떤 고통을 안기는지 그의 산문집 『벼랑에서 살다』(2001)에서 엿볼 수 있다. 10세 때 집에서 키우던 강아지가 있었다. 너무 예뻐 눈에 넣어도 안 아플 지경이었다. 어느 날 학교에서 돌아오는데 여동생이 달려와 강아지가 죽었다고 했다. 놀라고 슬퍼서 그대로 기절했다. 아버지 친구들은 습관처럼 개를 잡아먹었다. 그의 아버지는 보신탕은 입에도 대지 않았으나 친구들에게 어린 딸의 강아지를 넘겨줄 만큼 무심했다.

가족에게서 벗어나려 했을 때 집안의 반대가 만만치 않았다. 독신인 딸을 혼자 내보낸다는 건 가당치 않은 일이었다. 그러나 끝내 딸의 고집을 꺾을 수 없음을 알았던 어머니는 작은 방과 살림을 장만해주었다. 가족들이 살던 태릉에서 멀지 않으면서 집값이 싼 곳을 찾다가 선택한 곳이 사직동이었다. 꼬불꼬불한 골목길을 꺾어 한참 올라가야 하는 언덕배기에서는 길 건너 인왕산의 빼어난 경관이 훤히 보였다.

## 벼랑 위의 삶을 지탱하는 둥지

사직동에서 그의 30대가 시작되었다. "그때까지의 고통은 오롯이 부모 탓이었으나 이후의 고통은 모두 스스로의 책임이 됐다." 처음 세든 곳은 다세대주택이었다. 10가구나 살았던 만큼 각양각색의 사람들이 있었다. 그 집에 살던 마담은 항상 걸쭉하고 우렁찬 목소리로 그를 "어이, 미스 조!"라고 불렀다. 그 마담이 다른 집으로 이사 가면서 그 집으로 옮기게 되었는데, 자신이 쓰던 도배와 장판 값을 반이라도 내놓으라고 으름장을 놓았다. "짐이 들어오기 직전에 도배지와 장판지를 갈기갈기 찢어버리면 네가 어쩔 건데"라고 했다. 그 후로도 오랫동안 이웃에 살던 마담은 어리숙해 보이는 시인이 5년 뒤 새로운 집으로 이사 갔을 때 그 집에 와 보고는 "도배값과 장판값을 반이라도 꼭 받고 나오라"고 조언했다.

다세대주택에 이은, 사직동의 두 번째 집은 옛날 대감이 살던 집을 쪼갠 개량 한옥이었다. 이 집에서 또또를 만났다. 또또는 주인집에서 기르던 잡종 암캐였다. 선량한 주인집 사람들은 어찌된 영문인지 수시로 개를 때렸다. 영민한 또또는 겁에 질려 사람을 두려워했고 발정이 나도 짝짓기조차 제대로 하지 못했다. 상처받고 예민한 짐승을 방에 들

여놓고 외출할 때는 데리고 다녔다. 아파서 동물병원에 가도 몸부림이 심해 치료를 받을 수 없고, 정신이 날카로워지면 자신을 돌보는 사람을 물었다. 물고 나서는 죄책감에 괴로워했다.

또또를 책임지기 위해 자신에게 팔라고 하자 주인은 "같이 키우면 되지"라고 발뺌했다. 주인이 방을 비워달라고 했을 때 자연스럽게 또또와 함께 나왔다. 둘이 만난 지 4년 만이었다. 그렇게 얻은 세 번째 집이 지금껏 살고 있는 작은 한옥이다. 40대로 접어들던 시점이었다. 그때부터 재개발이 결정되면 바로 나가야 하기 때문에 싸게 들어갔던 집은 놀

랍게도 17년간 한 번도 전세금이 오르지 않았다. 늘 재개발이 곧 될 것 같은 상태였기 때문이다.

이 한옥은 자그만 체구의 시인에게 벼랑 위의 삶을 지탱하는 둥지가 되어주었다. 그의 언어와 생활처럼 허실이 하나도 없는 집이다. 철문을 열고 들어가면 투명한 플라스틱 지붕이 덮인 좁은 마당이 있고 왼쪽은 창고와 부엌, 오른쪽은 욕실 겸 화장실이다. 정면은 3칸으로 나뉘어 침실, 서재, 거실로 쓰인다. 천장은 높고 서까래는 든든하다. 부엌 위로 다락까지 있다. 이 모든 것이 13.75평이다. 그리고 창을 열면 아랫집 지붕 위로 인왕산이 그림처럼 펼쳐진다.

비슷한 크기의 낡은 한옥들이 다닥다닥 붙어 있는 이곳을 시인은 '노출이 심한 골목'이라고 불렀다. 옆집 꼬마가 "내 수영복! 내 수영복!" 하면 캠프 가기 전날이다. 여름밤에는 이웃집에서 수박 먹는 냄새가 난다. 어느 집 아저씨는 평생 일하지 않고 살았고, 어느 집 밑에는 커다란 바위가 버티고 있어 화장실을 수세식으로 개조할 수 없고, 어느 집은 투기꾼이 사서 세를 주었다는 사실까지 줄줄이 꿰게 된다. 집을 나서 버스정류장까지 가는 동안 이웃과 서너 번은 인사를 주고받는 골목이다.

한때 이곳은 주인과 친한 문화예술계 친구들의 아지트였다. 시인, 소설가, 화가, 건축가, 기자, 편집자……. 수많은 사람이 찾아와 새벽까지 놀다갔다. 왜 그런지는 이 집에 들어서는 순간 단박에 알 수 있다. 작은 독채는 어릴 때 소꿉장난을 하던 비밀장소처럼 아늑한 흥분을 준다. 비밀 없는 이웃의 사연은 소설가들을 매혹시켰다. 시내 한가운데 있어서 교통도 편리하다. 무엇보다 남에게 베풀기 좋아하는 아버지를 미워하던 딸이지만 피는 못 속이는지 주인의 인심은 마를 줄 몰랐다. 그렇게 친구들, 또또, 시와 함께 다시 한 세월을 보냈다.

## '생의 빛살에 관통당한 것 같은'


나는 늘 순도 높은 어둠을 그리워했다

어둠을 이기며 스스로 빛나는 것들을 동경했다

겹겹의 흙더미를 뚫는

새싹 같은 언어를 갈망했다


처음이다, 이런 마음은

슬픔도 외로움도 아픔도 불빛으로

매만지고 얼싸안는

저 무리에서 혼자 떨어져

몸이 옹관처럼 굳어가는 것 같은


몸이

생의 빛살에 관통당한 것 같은

－「생의 빛살」부분


그는 사직동에 살지 않았더라면 삶이 많이 달라졌을 거라고 말한다.

몸은 건강해지고 마음은 성장했다. 골목의 사연과 정서는 시와 산문, 동화로 태어났다. '늘 순도 높은 어둠을 그리워했'던 그에게 '생의 빛살에 관통당한 것 같은' 변화가 찾아온 것도 사람들과 부대꼈던 삶 덕분이다.

그가 사는 사직동 한옥은 정말 재개발될 뻔했다. 주변의 엇비슷한 한옥들이 모두 쓸려나간 자리에 고급 아파트가 들어섰다. 재개발을 반대하던 주민들도 하나둘씩 포기한 채 집을 떠났다. 폐가가 늘어 을씨년스럽기 짝이 없는 곳이 되었다. 그가 떠나지 못한 것은 경제 사정과 함께, 또또 때문이었다. 늘 답답하고 고통스러워하는 또또를 데리고 인왕산 산책로를 마르고 닳도록 밟았다.

구박받는 주인집 개와 세입자로 만나 17년을 함께한 또또를 2012년 여름에 안락사시켰다. 아픈 개를 보다 못한 그는 "또또, 우리 오늘 씩씩하게 하자"면서 병원으로 안고 갔다. 이듬해 나온 산문집 『또또』에서 그는 "사람들과 나누는 마음은 여러 이유로 변덕이 잦았지만, 또또만이 고른 마음으로 내 옆에 있었다. 또또는 한 번도 내게 싫증을 내지 않았고, 죽을 때까지 나의 시시한 면면을 누설하지 않았고, 인간을 통해서는 줄일 수 없었던 내 아픔을 조용히 나눠가지면서도 불평 한 번 하지 않았다"고 돌아보았다.

또또와 함께 사직동에서 사라질 것 같던 한옥은 기적처럼 살아남았다. 서울성곽을 보호하기 위해 성곽 주변 높은 지대의 집들은 재개발 지구에서 해제하기로 결정되었기 때문이다. 또또가 떠난 뒤 적적하면서 홀가분하던 집에 또 다른 손님들이 찾아왔다. 밥을 얻어먹던 길고양이들이 개가 사라지자 그의 마당까지 드나든다. 더는 생명 있는 것들은 가까이하지 않겠다는 굳은 결심을 했으면서도 겨울철의 혹독한 추위에 고양이들이 죽을까봐 마당에 박스를 놓고 전기장판까지 깔았다. 집 사진을 찍을 때 고양이들은 모델이라도 되는 듯 오랫동안 렌즈를 쳐다보았다.

**조은**

1960년 경북 안동에서 태어나 1988년 계간 『세계의 문학』에 「지금은 비가……」 등 삶과 죽음을 초월한 시들을 발표하며 등단했다. 그림자에서 뿌리의 고요함을 발견해 내는 깊은 시선, 자신과 타인의 삶을 정면으로 바라보는 용기로 『땅은 주검을 호락호락 받아주지 않는다』, 『무덤을 맴도는 이유』, 『따뜻한 흙』, 『생의 빛살』 등 4권의 시집을 비롯해 동화, 산문 등 20권의 책을 냈다.

# 아무런 사치없이 사치스런,
# 창밖 살구꽃 피는 '목수의 집'

▼

### 건축가 김재관의 '살구나무집'

## 나는 목수다

"난 요즘 집수리修理에 재미를 붙였다. 집수리 하면 무언가 촌스러운 느낌이 들거나 동네에서 흔히 보던 간판을 떠올린다면 내가 말하려는 그것의 의미와 크게 다르지 않다. 내가 하는 일 역시 여느 집수리쟁이들처럼 현장 인부들의 숫자를 헤아려 점심밥을 시키고, 삼립빵과 컵라면의 가격 차이를 따져 새참을 준비하고, 내일 사용할 벽돌을 미리 주문하고, 새벽 인력시장에 기별해 젊은 사람이 아니면 되돌려 보내겠다며 눈을 부라리는 집수리 목수인 것이다."(『SPACE』 2011년 8월호)

건축가에서 수리업자로 변신을 선언한 김재관 무회건축사무소장의 선언은 농담처럼 들리지만 진지하다. 거기에는 전인적 존재로서 건축가상이 더는 통하지 않는 시대 흐름에 대한 통찰과 함께, 개인 삶의 변화에 대한 결의가 담겨 있다. 좀더 그의 말을 들어보자.

"요즈음 내 명함에는 건축가 대신 목수라는 직함이 찍혀 있다. 그동안 지향했던 건축가적 삶을 더이상 지속하지 않겠다는 것으로 내 삶의 경로를 수정한 것이다. 이러한 결정은 내가 소유한 재능 혹은 자질이라고 불리는 결코 유쾌하지 않은 언어를 뼈아프게 수긍할 수밖에 없었던 경험과 '내 생각'이라고 부르던 건축에 대한 관념조차도 내 몸에서 자란 것이 아님을 알고서다."

이전의 그는 자타가 공인하는 교회 건축의 일인자였다. 1989년 건축가 곽재환의 맥건축에서 일을 시작해 1997년 자신의 무회건축사무소를 열자마자 제주도 강정교회 설계를 맡았고, 이 작품으로 한국건축문화대상을 받았다. 나중에 해군기지 건설 논란으로 유명해진 강정마을의 오래된 교회를 그는 과감하게 노출콘크리트로 신축했다. 교회 하면 매끈한 대리석이나 스테인드글라스, 뾰족한 첨탑을 연상하던 신자들에게 뭉툭하고 소박한 느낌의 건물을 안겼다. 노출콘크리트는 순수해서 아름답다는 게 그의 생각이었다.

이후 교회 설계 주문이 이어졌다. 부천 성만교회, 파주 새힘교회와 풀향기교회 등 10개를 지었다. 겸허와 절제, 주변 환경과의 조화, 햇빛·바람·나무 같은 자연의 도입이 그의 교회 건축이 가진 특색이다. 그러나 "맥락 없는 한국 교회 건축을 혁신함으로써 일가를 이루어보자"는 생각을 10여 년 만에 접었다. 교회 특유의 권위주의, 설계를 둘러싼 성직자나 신자들과의 의견 대립도 힘들었지만 무엇보다 자신의 계몽적 건축관에 지쳐갔다. 훌륭한 건축을 통해 사람들을 고양시키겠다는 생각은 종종 능력의 한계에 대한 열등감으로 이어졌다. "영혼이 두부처럼 박살날까봐" 두려웠다.

변화의 계기는 한국건축가협회가 2009년 개최한 '일일 건축설계사무실' 행사에서 찾아왔다. 거리에 파라솔을 펴고 앉았는데 시민들이 정작 물어보는 내용은 '정화조 고칠 줄 아느냐', '집을 가장 싸게 짓는 방법은 무엇이냐' 등이었다. "사람들이 건축에 대해 품고 있는 생각은 이런 것이구나"라는 깨달음이 왔다. 그때 서울 서초동에 사는 율리아나 아주머니가 나타났다. 영어교사인 그는 자신의 단독주택을 고치기 위해 수첩을 빼곡히 채워가며 몇 년째 준비 중이었다. "건축가를 만난다는 생각에 잠을 못 이루었다"는 그와 이야기를 나누다가 그 집을 고쳐주기로 했다. 처음에는 설계만 했는데 시공비가 예상보다 늘어나 고민하는 건축주를 보고 아예 시공까지 맡았다. 2011년의 일이다.

그 후 5년 동안 김 교수네, 정현이네, 재훈이네, 상도동집, 유진이네, 건우네, 제주횟집, 철민이네 등 10건을 고친 집수리업자로 살았다. "건축가의 역할이란 건축주들이 꾸는 꿈, 그들의 의식 속에 있으나 정확히 이야기할 수 없는 꿈을 해독하는 것"임을 알게 되었다. 교회 건축에 비해 가정집 건축은 "너절하고 치열한 극사실주의"였으며, 도면 위에서 깔끔하게 이루어지는 신축 설계와 비교해 조건과 변수가 많은 집수리는 "서슬이 퍼런 검으로 겨루는 진검 승부"임을 느꼈다.

## 무회마을을 그리워하다

그가 수리한 집 가운데는 2015년 입주한 자신의 집도 있다. 서울 혜화동 로터리에서 8번 마을버스를 타고 종점에 내려 찾아간 그의 명륜동 집은 북악산 비탈이었다. 초행이라면 약간 현기증이 느껴지는 경사의 골목을 따라 들어선 다세대주택들 가운데서도 맨 꼭대기였다. 외관은 서울 시내 어디서나 흔히 볼 수 있는 붉은 벽돌의 3층 건물이었다. 아들 내외가 사는 1층, 무회건축사무소인 2층을 지나 3층으로 올라갔다. 주인의 살림집인 그곳에서는 뜻밖의 풍경이 펼쳐졌다.

담장 없이 집과 축대 위로 이어진 산비탈이 코를 맞댔고 바닥에는 공사장에서나 볼 수 있는 비계가 깔려 있었다. 집과 산비탈 사이 좁은 통로를 지나 좀더 안쪽으로 들어가자 야외 식탁이 나왔다. 식탁 옆 넓지 않은 땅에는 커다란 살구나무가 자라고 있었다. 날이 좋으면 식탁에서 밥 먹고 차 마시고 고기 굽고 술 마시면서 이야기할 수 있다. 겨울에는 식탁 옆에 매단 무쇠 화로에다 장작을 피운 뒤 작은 잉걸불을 집안 작은 화로로 옮겨간다. 도무지 집과 산, 안과 밖의 구분이 없는 게 이 집의 얼굴이다.

집 안은 객실이 분리된 옛날 기차 안처럼 느껴진다. 직사각형 대지에 들어선 집은 가로가 18미터인데 비해 세로는 1.2~2.4미터로 한 층이 12평에 불과하다. 그래서 한식방처럼 쓰이는 넓은 평상, 식탁 겸 거실 역할을 하는 탁자와 의자, 칸막이 친 주방, 붙박이 장롱이 일렬로 들어섰고 안쪽으로 침실과 화장실, 다용도실이 붙어 있다. 이 공간들을 관통하는 긴 복도에는 남향으로 큰 창 2개가 나 있어 서울 시내가 한눈에 들어온다.

내장재는 평범한 소나무다. 주방의 칸막이 재료는 포장박스를 만드는 데 쓰이는 하얀 플라스틱이다. 물건은 거의 없다. 아무런 사치도 없었으나 사치스러웠다. 그중 백미는 집 한쪽의 넓은 평상이다. 작은 한옥 사랑방을 연상시키는 그곳에는 좌탁과 그림, 화로와 목침, 이 집의 상징인 살구나무를 볼 수 있는 창이 있다. 이 동네를 산책하던 주인은 높은 축대 위에서 깃발처럼 날리는 살구나무를 보고 한눈에 반해 이 집을 샀다. 나무는 기대를 저버리지 않고 봄에는 꽃을, 가을에는 열매를 선물했다.

살구나무집의 원형은 김재관 소장의 기억 속에 남아 있는 무회無懷마을 시골집이다. 충북 옥천군 청성면 장수리 무회마을. 그가 유학자였던 할아버지, 공무원이던 아버지와 함께 살던 집이다. 초등학교 6학년 때 서울로 유학 오면서 그 집을 떠났다. 삼양동 학교 소사의 집 다락방에

혼자 하숙했는데 첫날 자다가 연탄가스를 마셨다. 아침에 일어나니 머리가 아프고 속이 메슥거려서 마당으로 나가 수돗물을 틀었더니 희뿌연 거품에서 소독내가 확 끼쳤다. 모든 사람이 마음속에 간직한 이상향으로 돌아가기를 꿈꾼다면, 김재관 소장에게 그곳은 무회마을이다. 장난꾸러기이던 그를 감싸주고 한문을 가르쳤던 할아버지가 계시던 사랑방, 할머니가 큰 항아리에 깨끗한 물을 찰랑찰랑 채워두시던 부엌, 집 뒤가 바로 산으로 이어지던 마을. 명륜동 집은 무회마을의 재현이다. 건축사무소 이름을 '무회'로 지은 것도 그런 집을 짓고 싶어서였다.

이곳으로 오기 전까지 그는 30평대 아파트에 살았다. 건축가이면서도 서울에서 단독주택에 산다는 게 불가능하게 느껴졌다. 더구나 산비탈의 집이란 상상하기 힘들었다. 보통 도시의 집은 산과 도로로 분리되어 있는데, 이 집이 산의 경사지에 자연스럽게 들어앉은 것은 옛날 더 위쪽에 있던 무허가 집들이 철거되었기 때문이다. 이 집은 수리의 결정판이기도 하다. 살릴 수 있는 자재는 모두 살렸고 다른 집을 짓다가 남은 재료를 썼다. 그는 건축에 미감이란 불필요하다고 생각한다. 기능에 충실하면 굳이 배율倍率을 따지지 않아도 그냥 아름답다.

## 이치를 닦다

설계와 시공의 분리는 건축가의 숙명이다. 일정 규모 이상 건축물을 설계하면 사후에 감리할 뿐 시공에는 관여할 수 없다. 그러니 집을 어떻게 짓는지 모른 채 지을 수도 있다. 김재관 소장이 수리를 시작한 건 집을 샅샅이 분해하고 조립하면서 건축의 원리를 제대로 알고 싶어서였다. 처음 고친 율리아나네 집은 목재 패널로 담을 높이 쳐 사생활을 보호하는 대신, 창을 넓히고 물에 빛을 반사시키는 방식으로 실내가 어둡다는 단점을 보완했다.

그가 좋아하는 유진이네 집은 가장 흔한 자재인 시멘트 벽돌을 내장재로 사용했다. 접착용 시멘트를 쓰지 않고 맨 벽돌만 쌓으려면 정교한 기술이 필요해 직접 시공했다. 그는 "재료가 아닌 해석에 의해 집이 달라질 수 있다"고 믿기 때문에 비싸거나 특이한 재료를 선호하지 않는다. 흔히 쓰는 재료가 좋은 재료이며 헌 집에서 나온 자재도 쓸 만하다면 좋은 자재다. 주어진 비용과 조건 아래서 좋은 집을 짓는 일은 "알파벳 몇 개로 좋은 문장이 나오는 것"과 같은 원리다.

수리업자로 명성이 나면서 그에게 집을 고쳐달라는 사람이 많아졌다. 그러나 이제 현장에서 수리를 지휘하거나 중간에 설계를 고치지 않

는다. 집의 원리를 충분히 알았기 때문에 설계가 더욱 단단해졌고, "제가 현장에 가나 안 가나 마찬가지예요"라고 말할 수 있게 되었다. 수리는 한자로 풀어보면 이치理를 닦는修 것이다. 결코 촌스럽거나 궁기窮氣가 흐르는 단어가 아니다. 새로 짓는 것보다 훨씬 근본적이면서 어려운 일이다.

그는 수리의 가치에 대한 확신을 갖고 있다. 개발이 한창이던 1970~1980년대 우후죽순처럼 지어진 단독주택, 다가구·다세대 주택은 수명이 다 되었지만, 부동산 거품이 꺼지면서 과거처럼 완전히 밀어버리고 새로 아파트를 짓는 재개발은 쉽지 않다. 고쳐서 살 수밖에 없다. 집은 당대의 경제·문화적 조건, 가족의 구성 등을 담고 있기 때문에 시대가 달라지면 그릇 역시 바뀌어야 한다. 수리는 공장에서 찍어낸 듯 비슷한 설계·공법·시공의 집들이 각자 개성을 얻는 과

정이기도 하다. 새로 쓰기가 아니라 그동안의 역사와 경험을 토대로 한 이어 쓰기, 다시 쓰기가 집수리다.

예의 선언에서 그는 "자신의 영토라고 믿었던 곳에서 소출을 얻지 못한 자의 쓰디쓴 절망"과 함께 "그것에 상응하는 자유"를 얻었다고 했다. 오케스트라 지휘자처럼 각 영역을 조율하고 통합하던 근대적 의미의 건축가 시대는 조금씩 저물고 있다. 그들이 도시를 캔버스로, 설계를 예술작품으로 여기는 사이에 사람들의 감각은 달라졌다. 거대하고 기묘한 초국적 건물 대신, 시간이 축적된 작은 공간에서 안정과 행복을 찾아가고 있다.

김재관 소장은 이런 시대 변화를 예민하게 감지한 건축가다. 도시의 재개발이 아니라 재생이 화두인 지금, 낡은 집을 본격적인 설계 대상으로 삼은 건축가는 그가 처음이다. 오래된 집을 진지하게 재설계함으로써 집수리란 단어의 맥락을 바꿔놓았다. 그렇다면 다음 건축적 목표는 무엇일까? "그런 건 없다." 그는 자유인이다.

**김재관**

1962년 충북 옥천에서 태어난 전직 건축가다. 지금은 낡은 집과 허름한 집, 한물 간 집, 오래된 집을 골라 그것을 뜯고, 째고, 뚫고, 파고, 덧대어 수리하는 것에 재미를 느끼며, 녹슨 철근, 구부러진 쇳조각, 심드렁한 돌덩이, 나무와 바람, 빛과 물을 좋아하는 집수리 전문 목수로 산다. 특히 '이건 정말 신축밖에는 도무지 방법이 없군'이라는 집의 수리에 자신을 가지고 있으며, 용접과 조적組積에도 능하다. 율리아나네 집, 정현이네 아파트, 재훈이네 집 등을 수리했다.

# 오봉산에는 봄꽃 편지가 피고, 마루에는 햇빛이 졸다 갑니다

▼

영문학자 이종민의 '시골집'

## 오봉산과 고성산을 바로 보다

봄빛이 온 마당을 화사하게 수놓았다. 분홍 매화가 진 자리에 노란 산수유와 하얀 벚꽃이 피었다. 은행나무와 감나무 가지마다 물이 올라 신선한 새싹의 연둣빛이 꽃만큼이나 곱다. 뒤꼍 대나무숲도 활기를 되찾아 봄바람에 서걱서걱 소리를 낸다.

전북 완주군 화산면, 이종민 전북대학교 영문과 교수의 시골집 풍경은 더할 나위 없이 평화롭다. 그는 이곳에서 구순 노모와 함께 일주일 중 닷새를 산다. 날마다 국 끓이고 나물 무쳐 두 식구의 아침상을 차린다. 식사를 마친 어머니가 마을 경로당으로 나가면 자동차로 30분 거리인 전주 시내 학교로 출근하거나 여러 가지 볼일을 본다. 짬짬이 농사도 짓는다. 집 앞 밭에는 60그루의 매화나무가 있고 마당 한쪽 움막에서는 표고버섯이 자란다. 해마다 매실을 수확해 매실즙과 매실주를 만든다. 책을 읽고 음악을 듣고 글을 쓰는 것도 이곳에서 중요한 일과다.

"평생 한 번 하기도 어렵다는 집짓기를 놀이하듯 세 번이나 해보았네요. 벅찬 기대와 설렘으로 지켜보다가 끝나기가 무섭게 친지들을 불러서 잔치를 벌였습니다."

가로로 긴 300평의 땅에는 집 3채가 나란히 서 있다. 파란 슬레이트

지붕을 얹은 안채를 중심으로, 정면에서 보았을 때 왼쪽에는 2층짜리 서양식 목조주택이 있고 오른쪽에는 아궁이와 누마루를 갖춘 황토벽돌집이 있다. 이 2채가 이종민 교수의 작품이다. 현재 목조주택 앞에 있던 헛간 자리에 처음 지었던 조립식 주택은 헐어버렸다. 양지바르고 단정한 이 동네에서 그의 집은 가장 안쪽이다. 멀리 보이는 앞산은 오봉산, 바로 뒤는 고성산이다.

그가 집을 짓고 넓혀온 사연은 가족사와 취미, 나아가 그가 해온 사회운동과도 관련이 깊다. 그는 이곳에서 7남매 중 넷째로 태어났다. 지금 안채는 농사꾼이던 할아버지가 90년 전 지은 뒤 3대째 고쳐가며 사는 집이다. 어렸을 때부터 공부를 잘했던 그는 전주고등학교를 거쳐 서울대학교 영문과에 들어갔다. 석사를 마치고 해군사관학교 교관으로 근무하다가 28세에 전북대학교 교수가 되어 전주로 돌아왔다. 고향 가까이 살기는 했지만 정작 고향집에 자주 드나든 건 2000년 돌아가신 아버지가 편찮으시면서부터다. 주말마다 고향집에 머물던 그는 1년에 며칠이나마 찾아오는 형제자매와 조카들을 위해 농사를 짓지 않으면서 불필요해진 헛간을 없애고 방 2개와 화장실이 있는 조립식 주택을 지었다.

그 후 아버지 장례식 날, 경로당에 들러 노제를 지내는데 어머니가 보이지 않았다. 찾아보니 안채에서 큰소리로 울고 있었다. 남편을 잃은 슬픔에다 혼자 살 일이 걱정이었다. 몸이 불편한 어머니는 전주 시내 노인요양원으로 거처를 옮겼지만 늘 집을 그리워했다. 어머니를 다시 집으로 모시면서 그의 본격적인 시골생활이 시작되었다. 지금 황토벽 돌집 자리에는 당시 오래된 사랑채가 있었다. 할아버지가 공부하는 손주들을 위해 산에서 나무를 해와 손수 지은 집이지만, 허술하고 오래되어 춥고 불편했다. 이 집을 새로 짓는 계기는 전주한옥마을 재생사업과 연관되어 찾아왔다.

이종민 교수는 2002년 월드컵을 앞두고 도시정비계획이 세워질 때부터 한옥마을사업에 참여했다. 지금은 전국적인 명소가 되었지만, 당시 한옥마을은 슬럼 상태였다. 1920~1930년대 전주 부자들이 도심에

제대로 지은 한옥마을이 경제개발과 아파트 문화에 밀려 쇠퇴일로를
걸었다. 그는 전주의 지식인, 문화예술인들과 함께 도시가 살아나려면
전통에서 시작해야 한다는 데 뜻을 모으고 환경 개선과 공예 · 전통문
화 육성사업을 추진했다. 10년에 걸쳐 전주시 전주전통문화중심도시
추진단 단장, 문화체육관광부 전주전통문화도시조성위원회 위원장을
맡았다.

## 풍류가 깃든 '화양모재'

이 일을 하면서 알게 된 젊은 목수가 집을 지어보겠다고 나섰다. 한 원로목수는 노모를 모시는 일인데 돕겠다며 온돌을 놓아주었다. 이렇게 해서 2007년 방 한 칸짜리 황토집이 탄생했다. 고향집에 제대로 된 서재를 갖고 싶다는 오랜 꿈을 이룬 그는 '화양모재華陽茅齋(햇빛이 잘 드는 띠집)'라는 당호를 붙였다. "노는 게 최고"라고 생각해 설계 도면을 그릴 때부터 목수에게 부탁해 외부 삼면을 마루로 만들었다. 세로로 긴 집의 앞면에는 벗들과 더불어 남쪽 오봉산을 바라보며 술잔을 기울일 수 있는 높은 누마루가 생겼고, 뒷면에는 작은 공연이 가능한 무대 용도로 넓은 마루를 놓았다.

앞마루에는 '採菊東籬下 悠然見南山(채국동리하 유연견남산, 동쪽 울타리 밑에서 국화를 따다가 유연히 남산을 바라본다)'이라는 도연명 시를 석전石田 황욱黃旭의 글씨로 새겨 걸었다. 뒷마루에는 그의 한학 스승인 김기현 전북대학교 윤리교육과 교수가 내려준 '茅齋山氣淸 素琴機慮靜(모재산기청 소금기려정, 모재 산기운이 맑으니 소박한 가야금 소리에 쓸데없는 생각이 잦아든다)'이라는 시를 일중一中 김충현金忠顯의 글씨로 양각해 양쪽에 걸었다. 화양모재 안에는 그의 평생 취미인 음악 감상을 위한 수수한 스

피커가 있고, 밖에서는 완공식을 시작으로 1년에 두세 차례 하우스콘서트가 열린다.

그의 음악 취미는 대학생 시절로 거슬러 올라간다. 1학년 때 1년간 입주과외를 하던 집에 파나소닉 전축이 있었다. 시골에서는 나오지 않던 FM 방송을 처음 들은 것도 그 무렵이다. 전축 소리에 반해 1년이 어떻게 지나갔는지 모른다. 그 후로도 음악은 계속 그를 떠나지 않았다. 클래식, 뉴에이지, 국악을 특히 좋아한다. 이메일이 보급된 2000년부터 그는 짧은 사연에다 추천 음악을 곁들인 '이종민의 음악편지'를 지인들에게 띄우기 시작했다.

그의 음악편지에는 자신의 일상, 대학 이야기, 전주 소식, 사회에 대한 시각이 함께 녹아 있다. 심각하거나 우울한 내용이 나오더라도 마지막에 음악 이야기로 마음을 풀어준다. 처음에는 MP3 파일로 보내다가 요즘은 유튜브에 링크한다. 그에게 "음악편지는 좋은 일을 하기 위한 수단이었다"고 한다. 2002년부터 음악편지를 받는 사람들에게 당시 전북대학교 학생식당 밥값인 3,000원씩 기부하기를 권해 매년 1,000만 원씩 모은 돈을 남북어린이어깨동무에 기탁해 북한 어린이 돕기를 계속해왔다.

섭시일반은 그의 활동 방식이다. 대학생 때 잔뜩 기대했던 장학금 신청에서 떨어진 게 속상해 교수가 된 직후인 1986년부터 '이바지'라는 장학회를 만들어 지금까지 대학생들에게 장학금을 주고 있다. 공조직이던 전주전통문화중심도시추진단을 대신한 민간단체인 천년전주사랑모임 역시 많은 회원의 쌈짓돈을 모아 활동을 이어간다. 1987년 비판적 아카데미즘을 내세우며 출범시킨 호남사회연구회, 1991년 동학농민혁명 100주년(1994) 기념사업을 제안하면서 만들어진 동학농민혁명기념사업회에서도 각각 회장과 이사장을 맡고 있다.

이렇게 많은 일을 하면서도 그는 시골집에서 유유자적한다. 누가 바쁘다고 하면 "무슨 청와대 일 하는겨?"라고 묻는다. 굳이 비결을 캐묻자 "사람들이 일을 하게 만드는 것"이라고 한다. 함께 일하면서 신세지

고 고생하는 사람들에게 주기 위해 매실즙과 매실주를 만들고 시골집을 개방한다. 안채 뒤꼍에 빼곡하게 놓인 항아리에서는 매실즙과 매실주가 익어간다. 매년 매화가 피거나 매실을 따고 거를 때마다 이를 핑계로 가족과 친지를 모아 잔치를 연다.

매실나무를 심은 건 20여 년 전이다. 농사짓기 힘들어진 아버지가 남아 있는 작은 밭을 남에게 빌려주었는데, 그곳에서 따고 남은 딸기를 먹어보니 농약 냄새가 진동했다. 안되겠다 싶어서 직접 가꿔보기로 하고 나무장수에게 가장 키우기 쉬운 나무가 무엇인지 물어보니 은행나무와 매실나무라고 했다. 3년 뒤부터 매실이 열리기 시작하면서 재미가 생겨 자주 고향집에 내려가자 어머니가 "아들 나 보러 오는 거 아녀. 매실 보러 오는 거여"라고 할 정도였다. 해마다 예쁜 매화를 보고 매실을 거두어들인다.

### 아내에게 '유연당'을 선물하다

세 번째 목조주택 역시 우연히 탄생했다. 관청에서 일하는 후배가 농어촌주택지원자금이 남아돌아 걱정이라고 하기에 "나 같은 사람도 쓸 수 있느냐"고 물었다가 5,000만 원을 융자받게 되었다. 3채 가운데 처음 지은 조립식 주택이 기울어지던 참이었다. 박서림이라는 젊은 목수를 만나 돈이 가장 적게 드는 서양식 목조주택을 직영 방식으로 짓기로 했다. 원래 1층에 매실 항아리를 보관하는 창고를 들일 생각이었으나 짓는 동안 항아리를 옮겨보니 마당에 있을 때보다 이만저만 불편한 게 아니었다. 대신 손님방을 만들면서 지인들과 어울릴 수 있는 야외 데크를 만들었다. 2층은 원룸형 침실 겸 주방이다.

2013년 이 집이 완공되었을 때 그는 60년간 살아온 화산면을 '처음'

보았다. 2층에서 본 마을은 너무 달랐다. 오봉산에서 해가 뜨는 것도, 은행나무에 새 둥지가 있는 것도 새삼스럽게 잘 보였다. 그래서 시골집의 다양한 공간 가운데 목조주택 2층이 가장 좋아하는 곳이 되었다. 이 집의 당호는 아내 배숙자(임실 영어체험센터장)의 호를 따서 '유연당悠然堂'이라고 지었다. 화양모재에 붙은 도연명의 시구 '유연견남산' 가운데 '유연'이란 말을 좋아한 아내가 자신의 호로 취했다.

이 집은 아내를 시골로 끌어들이는 역할을 했다. 대학원에서 만나 결혼한 아내는 도시 출신이어서 시골생활을 좋아하지 않았다. 그런 아내에게 이종민 교수는 결혼 33주년 기념선물로 유연당을 헌정했다. 이를 기뻐한 아내는 민족음악을 전공하는 딸과 고고학을 전공하는 아들이 대학원 공부를 위해 외국으로 떠난 뒤, 주중에는 전주 시내 아파트에서 지내고 주말에는 유연당에 머문다. 이종민 교수가 주중 이틀만 초등학교 교사로 정년퇴임한 형에게 노모를 맡기고 아파트로 가니 절반은 함께 지내는 셈이다.

유연당을 지은 목수는 그에게 새로운 일거리를 만들어주었다. 화산면 인근 고산면은 옛날 현이 있던 유서 깊은 고장이며 가톨릭농민운동의 중심지이기도 했는데, 목수는 이곳에 자신의 이름을 따서 '서쪽숲西林'이라는 카페를 만들었다. 고산면에는 박서림뿐만 아니라 시골생활을 택

한 젊은이들이 모여 '이웃린공동체'를 만들었다. 이들은 우리밀로 자연
발효시킨 빵과 과자를 만들어 재원을 마련하고 다양한 교육·문화 프
로그램을 운영한다.

"젊은이들을 조금만 도와주면 그들은 정말 많은 일을 할 수 있지요."
이종민 교수는 한 달에 한 번씩 서쪽숲 카페에서 '이종민의 음악 이야
기'라는 인문학 강좌를 진행한다. 이들이 꿈꾸는 소소한 일상의 기적
이 일어나길 바라는 마음에서다. 어쩌면 전통문화를 중심으로 자생력
을 갖추기를 의도했으나 지나치게 소비적·상업적으로 발전했다고 비
판받는 전주한옥마을보다 근사한 마을이 될지도 모른다. 그의 삶은 전
주를 중심으로 화산과 고산을 오간다. 그런 삼각형이 안채와 화양모재,
유연당으로 이루어진 그의 시골집과 닮았다.

**이종민**

1956년 전북 완주에서 태어났다. 서울대학교 영문과를 졸업하고 같은 대학원에서
석사·박사 학위를 받았으며, 1983년부터 전북대학교 영문과 교수로 재직하고 있
다. 1987년 호남사회연구회를 출범시켰고 동학농민혁명 100주년 기념사업을 제안
해 역사적 복권에 기여했다. 전주전통문화중심도시추진단 단장과 전주전통문화도시
조성위원회 위원장을 맡았다. '이종민의 음악편지'를 묶은 『화양연가』, 『흑백다방의
추억』, 학술서 『변증법적 상상력: 윌리엄 블레이크의 작품 세계』 등을 펴냈다.

# 5

# 문학과 꼬박 지새우는 밤들을 지켜준
# '균형의 방'

▼

소설가 조경란의 '봉천동 서재'

## 시를 쓰고 싶었던 소설가

"세상에 이렇게 촌스럽고 우스꽝스러운 지명이 다 있을까. 어휴, 내 이름이 조봉천이 아닌 게 천만다행이다. 사람들은 봉천동, 하면 우선 판자촌을 떠올린다.……나는 봉천동에 사는 것이 부끄럽지는 않다. 하지만 봉천동에 산다고 말하는 것은 정말 싫었다. 그건 보여주고 싶지 않은 나와 내 가족의 궁핍을 날것 그대로 드러내 버리는 느낌이기 때문이다."(「나는 봉천동에 산다」)

서울시 관악구 봉천동은 중앙동을 거쳐 지금은 은천로로 이름이 바뀌었다. 봉천동이 가난한 동네라는 선입견을 준다고 해서 중앙동이란 무덤덤한 이름을 얻었고, 다시 도로명 주소가 덧씌워졌다. 이렇게 지명이 바뀌는 동안에도 소설가 조경란은 여전히 자신이 태어나 자란 '봉천동'을 지키고 있다. 아버지가 지은 3층짜리 다세대주택의 옥탑방에서 2층으로 서재를 옮겼을 뿐, 자신의 삶이 된 많은 책장과 책상을 끌어안고 문학과 함께 살아간다.

그의 하루는 오후 1시에 시작된다. 이때 일어나서 남들 기준으로는 하루 한 끼밖에 안 먹는 식사를 하면서 세 종류의 종이신문을 읽는다. 과거 서재였다가 지금은 침실이 된 옥탑방에서 부모님이 사시는 3층

살림집을 거쳐 2층 서재로 내려오는 시간은 오후 3~4시. 두 군데 대학의 문예창작 강의가 없는 날에는 이곳에서 밤 12시까지 책을 읽거나 글을 쓰면서 시간을 보낸다. 출입이 허락된 사람은 그에게 일주일에 두 번씩 국어와 영어를 배우는 초등학생 조카 둘뿐이다. 세 자매 중 첫째인 그는 도쿄에 사는 두 조카를 포함해 네 조카의 이모다.

서재에서 먹는 두 번째 끼니는 그가 '영혼의 빵'이라고 부르는 맥주 한 캔과 빵 한 쪽. 조금 부족하다 싶으면 계란 프라이를 빵에다 얹어 먹는다. 조금 마시고 싶은 날에는 대여섯 캔까지도 거뜬하지만, 그렇지 않으면 한 캔에 그친다. 쓰기 이전에 읽기가 자신의 일이라고 여기는 그는 출판사나 저자에게서 받는 책보다 직접 사는 책이 훨씬 많다. 일 주일에 두 번씩 인터넷서점을 이용해 읽고 싶은 책을 주문한다.

자정이 되면 이번에는 일이 아닌 여가를 위한 책을 들고 옥탑방으로 올라간다. 서재 문을 잠그고 계단을 내려와 1층 쪽문으로 나간 뒤 다시 살림집으로 난 대문을 통해 3층까지 외부 계단으로 올라가 부모님을 들여다본다. 자정 무렵이면 각자 방에서 각자 텔레비전을 크게 틀어놓은 채 주무시기 일쑤다. 텔레비전과 불을 끄고 옥탑방으로 올라간다. 침대에서 책을 읽다가 새벽 5시쯤 잠이 든다.

낮밤이 바뀐 생활은 1996년 작가가 된 이후 20년간 변함없이 이어졌다. 읽고 쓰는 데 온전히 바쳐진 일상. 그 기원은 좀더 거슬러 올라간다. 고등학교를 졸업하고 대학 입시에 실패한 그는 방에 틀어박혀 꼬박 6년간 책을 읽었다. 뭘 할지 몰랐기에 어렸을 때부터 해온 대로 계속 책만 읽어댔다. 식구들과 마주치지 않으려고 시간대를 거꾸로 생활한 것도, 친구들과 함께 처음 2,500cc의 맥주를 마신 뒤 똑바로 걷는 자신을 보면서 맥주가 영혼의 빵임을 알게 된 것도 이때부터다. 그러다가 시인이 되고 싶어 1994년 서울예술대학교 문예창작과에 들어갔다. 스승 김혜순 시인은 그에게 시 말고 소설을 써보라고 권유했고 졸업하던 해 소설가로 등단했다. 그의 방은 작가의 서재가 되었다.

## 책은 버려도 줄지 않는다

"서재라는 말은 너무 멋지고, 이 7평짜리 작업실은 '균형의 방'이라고 해두면 좋을 것 같아요. 긴장과 의무인 책과 글쓰기, 휴식과 위안인 맥주와 코끼리가 이 비좁은 곳에 다 있으니까요. 이 균형이 무너지면 사는 이유마저 흔들릴 때가 있어요. 작업실에 있을 때는 '내가 왜 사나' 하는 질문, 의기소침에 빠지지 않고 더 살고 싶은 의욕, 이유 같은 것들이 내 옆에 머무는 느낌이 들어요. 나한테 필요한 것을 거의 모두 갖추고 있는 방, 내가 가장 '안전하다'고 느낄 수 있는 방……."

한마디로 그의 삶과 생각이 농축되어 있는 방이다. 그는 옥탑방과 현재 작업실을 꾸려온 과정을 소설로 쓰기도 했다. 자기 방에 상을 편 채 쭈그리고 앉아 쓴 소설로 등단한 직후, 원래 막냇동생이 쓰던 옥탑방으로 옮겨갔다. "커다란 책상이 갖고 싶었다. 옥탑방에도 책상을 놓을 수 있는 공간은 없었다. 작은 하이그로시 식탁을 하나 샀다. 지금은 군데군데 테두리 칠이 벗겨지고 다리가 흔들거리긴 하지만 아직 쓸 만하다.

옥탑방에서 나는 책을 읽고 글을 쓰고 심야통화를 했다.""옥탑방엔 점점 더 책들이 쌓여간다. 책들의 일부를 아래층 거실로 옮겼다. 냉장고 옆면에도 소파가 있던 자리에도 책장을 들여놨다. 아버지가 거실에 기둥을 하나 세웠다. 내 옥탑방을 받쳐놓기 위해서다."(「코끼리를 찾아서」)

책 때문에 천장이 무너질까봐 아버지가 노심초사하는 지경에 이르자 어머니가 나서면서 작가가 된 지 11년 만에 서재는 좀더 안전한 곳으로 옮겨갔다. "엄마가 내 손을 잡아끌었다. 근처에 괜찮은 방이 하나 나왔다고 했다. 동네는 말할 것도 없고 근방인 낙성대와 신림동까지 작업실로 쓸 만한 방이란 방은 죄다 알아보고 다닌 터였다. 어지간한 곳은 터무니없이 세가 비쌌다.……엄마를 따라나섰다. 골목으로 난 쪽문을 열고 열 개의 계단을 올라갔다. 한 일곱 평 정도 될까. 나는 복도를 눈여겨봤다. 간신히 한 사람 지나갈 수 있는 폭이었지만 입구에서 방까지 석 자짜리 책장을 다섯 개쯤 세워놓을 수 있어 보였다."(「봉천동의 유령」)

어머니가 데려간 곳은 세입자가 나간 자기 집의 빈 방이었다. 이 복도에는 그의 눈짐작대로 5개의 책장이 놓였고 한 해 한 해 지나는 동안 책들이 빼곡하게 꽂히다 못해 켜켜이 쌓였다. 하얀 롤스크린으로 가려진 오른쪽 싱크대 옆으로는 세계 각국의 맥주가 들어 있는 냉장고와 함께 커피밀, 주전자, 컵 들이 정리되어 있다. 복도를 지나 방으로 들어오

자 창 앞에 책상이 있는 면을 제외하고는 삼면이 책장이다. 높이 170센
티미터쯤 되는 5단 책장 10개에 책들이 가득하다. 계속 버려도 책은 줄
지 않는다.

서재에는 엄격한 질서가 있다. 가구는 책상과 의자 외에 딱딱한 벤치
하나뿐이다. 처음 이곳으로 옮겨올 때 놓았던 푹신한 소파베드는 치워
버렸다. 누구를 초대하는 일도 하지 않는다. 책상 오른쪽에는 국내외 시
집과 시 이론서, 왼쪽에는 소설 이론서와 문학 이론서, 등 뒤에는 평생
갖고 있을 국내외 소설, 복도에는 산문집과 미술책이 꽂혀 있다. 30년이
지난 책도 먼지 한 톨 없다. 줄잡아 3,000권은 되어 보이지만 "매일 책

등을 보기 때문인지" 필요한 책은 바로 뽑아낸다.

소박한 책장에 비해 책상은 호사를 부렸다. 그는 침실과 분리된 서재를 마련한 기념으로 스스로 디자인한 책상을 목수에게 주문해 홍송으로 짰다. 가로로 얇은 서랍이 3개 달린 책상에서는 반지르르 윤기가 흐른다. 그 위에는 클로버 747 TF 타자기가 있고 한 자루도 어김없이 뾰족하게 깎은 일제日製 연필이 가지런히 꽂혀 있다. 바로 아래 동생이 사는 도쿄의 어느 신사神社에서 사온 연필에는 '하루하루의 노력', '한발 한발 나간다' 등의 문구가 새겨져 있다. 그 연필로 책에 줄을 긋거나 창작 메모를 하고 학생들의 소설 원고를 수정해준다.

## 아껴쓰는 소설

그의 책장마다 놓인 작은 조각은 코끼리다. 해외여행을 할 때마다 사모은, 조금씩 다른 재질과 모양의 코끼리가 서재 이곳저곳에 숨은 그림처럼 존재한다. 코끼리의 등장 역시 소설에서 찾아볼 수 있다. "나는 필름 한 장이 남은 폴라로이드 카메라를 들고 잠을 잤다.……잠에서 깨어났다. 숨을 멈추고 있다가 기습하듯 찰칵, 셔터를 눌렀다. 잡아뺀 듯 필름이 툭 빠져나왔다. 얼른 불을 켰다.……웬 커다란 코끼리 한 마리가 거기 있었다."(「코끼리를 찾아서」)

그는 자신의 생일에 손수 복엇국을 끓여먹고 자살한 친할머니, 간암으로 죽은 삼촌, 폴라로이드 카메라를 선물 받은 뒤 헤어진 옛 애인의 이야기를 소설이나 산문에 쓴 적이 있다. 어릴 때 고향을 떠나 건설 노동자로 살아온 아버지, 그런 아버지와 결혼해 20세에 자신을 낳은 어머니 이야기도 빠지지 않는다. 지상에서 가장 크지만 온순한 초식동물 코끼리는 그런 삶과 죽음의 경계에 있는 것, 보이지 않지만 존재하는 것, 삶의 무게와 고통과 고독의 현신現身이다.

그러나 우울하기만 한 게 인생이라면 누가 끝까지 살아갈 수 있을까. 진지하고 무겁기만 한 게 문학이라면 누가 감동할 수 있을까. 밝고 따뜻하고 좋은 것이 사람을 움직인다. 조경란의 소설에는 이런 균형이 있다. 그는 한 가족의 비극을 다룬 소설『식빵 굽는 시간』에 향긋하게 부풀어 오른 빵 냄새를 불어넣었다. 연인 사이 배신과 복수의 드라마인『혀』에서는 제철 재료를 사용한 서양 요리의 향연이 펼쳐진다. 상처받은 남녀의 이야기인『복어』는 끝내 죽음이 아닌 삶의 방향으로 나아간다.

어느덧 중견작가인 그는 자신의 '서정시대'가 끝났다고 말한다. "서정적 시기라는 것이 오직 자신에게만 집중하고 있는 젊은 시기이거나 주변을 돌아볼 수 있는 통찰력을 잃어버리고 있는 상태라면 말이다. 평범한 개도 어둠 속에서는 승냥이처럼 보인다. 서정시대가 끝났다는 것은 그 어둠에 눈이 익기를 기다려야 한다는 것, 혹은 어둠 너머의 것을 주시해야 할 때가 되었다는 뜻이기도 했다."(「봉천동의 유령」)

그는 "자신이 가장 중요하고 자신의 문제가 가장 커서 그 너머가 잘 보이지 않던 젊음의 시기가 지나서 그런지, 여태까지 써왔던 글보다는 더 '그들' 혹은 타인의 문제에 관심을 갖고 침착하게 들여다보는 글을 쓰고 싶다"고 말한다. "크든 작든 읽는 사람에게 생의 경이로움을 느끼게 해줄 수 있는 소설"을 원한다. 지금보다 훨씬 더 나은 삶이 아니라 지금의 삶에서 나쁜 일을 덜어내는 것, 평온함, 조용한 고립, 찢김이 아니라 스스로 아무는 상처 같은 고독을 원했다는 그는 '균형의 방'에서 조금씩 아껴가면서 그런 소설을 쓰고 있다.

### 조경란

1969년 서울에서 태어나 서울예술대학교 문예창작과를 졸업했다. 1996년 『동아일보』 신춘문예에 당선되어 작품 활동을 시작했다. 소설집 『불란서 안경원』, 『나의 자줏빛 소파』, 『코끼리를 찾아서』, 『국자 이야기』, 『풍선을 샀어』, 『일요일의 철학』, 짧은 소설 『후후후의 숲』, 장편소설 『식빵 굽는 시간』, 『가족의 기원』, 『우리는 만난 적이 있다』, 『혀』, 『복어』, 산문집 『조경란의 악어 이야기』, 『백화점: 그리고 사물·세계·사람』을 펴냈다.

# 6

## 추억도 물건도
## 그곳에서는 다시 태어난다
▼
일러스트레이터 이담·김근희 부부의 '속초 작업실'

## 재활용의 미학

문자로 기록되지 않은 사람들의 삶은 물건에 남는다. 토기나 석탑, 목조건축물 같은 문화재를 굳이 들먹이지 않더라도 할머니가 쓰던 놋그릇, 아버지의 바지저고리, 어머니의 재봉틀에는 가족만의 특별한 역사가 들어 있다.

동갑내기 부부 일러스트레이터인 이담·김근희의 집에서 가장 눈에 띈 것은 가족의 기억이 물건을 통해 순환한다는 점이었다. 강원도 속초시 교동의 평범한 30평대 아파트인 이 집 식탁 옆에는 3대 가족 사진이 붙어 있다. 이담의 부모 사진과 어릴 때 사진, 김근희의 부모 사진과 어릴 때 사진, 부부의 사진, 아들 범과 딸 은의 결혼사진이 한 벽을 차지한다.

한눈에 보아도 가족들은 서로 많이 닮았다. 이들의 밀접한 관계는 핏줄과 연분뿐 아니라 물건으로도 전해진다. 아들은 친할아버지의 바지저고리, 며느리는 시어머니의 치마저고리를 물려 입었다. 딸이 약식 전통혼례를 올릴 때는 다시 며느리가 입었던 어머니의 치마를 입었다. 저고리 고름은 댕기가 되었고 당의는 색색 조각천으로 예쁘게 만들었다. 사위의 민소매 도포는 친할머니의 치마에서 나왔다.

그뿐만 아니다. 생전의 친할머니(박영숙)는 환갑 무렵부터 테라코타를 만들기 시작해 76세에 개인전까지 열었는데, 할머니가 만든 테라코타 인물상이 집안 곳곳에 놓여 있다. 할머니 작품을 보관하려고 할아버지(화가 이명의)가 주문 제작한 선반에 쓰였던 미송은 지인의 도예공방으로 갔다가 다시 이 집으로 돌아와 물건을 보관하는 베란다 선반으로 변신했다. 외할머니가 쓰던 옷장과 재봉틀도 건넌방에 놓여 있다.

이런 순환은 가족 내에서 그치지 않았다. 안방 침대는 원래 버려진 1인용 침대였다. 그런데 장롱을 주우면서 틀을 바꾸고 플라스틱 상자로 바닥을 보강해 2인용으로 늘렸다. 헌 식탁 의자는 2개씩 맞붙여 재봉틀 받침과 다림질대로 재탄생했다. 역시 주워온 2층 침대 조각들은 거실 테이블로 변했다. 식탁은 신혼 때 쓰던 낮은 탁자인데 긴 다리를 달아 높아졌다. 대나무들은 각종 물건과 빨래를 거는 거치대가 되었다. 거실 장 역시 정교한 조립품이다.

목공은 남편, 바느질은 아내의 몫이다. 이담이 입은 검은 외투는 김근희 작품이다. 바지가 양쪽 소매가 되었고, 안감은 원래 커튼인데 먹물로 천연 염색을 했다. 개량한복처럼 통이 넓은 남편의 바지 역시 직접 만들었다. 자신의 옷도 디자인을 바꾸었다. 안 입는 옷과 자투리 천을 조합한 조각보 이불에는 가족들의 기억이 들어 있다. 청바지는 배낭이 되었고 쌀포대는 가방으로 변했다.

일일이 열거하기 힘들 만큼 변신의 마술을 거듭하는 게 이 집의 질서다. 재활용이라는 의식, 도덕적으로는 올바르지만 미적으로는 불편한 감각이 이 집에서는 해소된다. 가장 적게 소비하는 삶, 그러기 위해 필요한 것은 무엇이든 만들어 쓰는 일이 어떻게 가능한지 보여준다. 김근희는 이를 '적정기술'이라고 부른다. "옷이든 가구든 만들어 써보면 기성제품이 오히려 불편하다"고 한다.

## 적게 벌고 적게 쓰기

"예술가로 살지 않았다면 더 많은 돈을 벌고 더 풍족하게 살 수도 있었겠죠. 그러나 우리는 좋아하는 그림을 그리면서 살 수 있는 데 만족합니다. 적게 벌기 위해 적게 쓰는 거죠."

부부는 미국 유학생활을 통해 이런 삶의 습관을 터득했다. 두 사람의 이력은 한 사람으로 보아도 좋을 만큼 똑같다. 1959년 돼지띠로 서울에서 태어났다. 나중에 알았지만 초등학교 동창이었으며 4학년 때는 심지어 같은 반이었다. 이담의 아버지가 운영하던 미술학원에 김근희가 미대 입시 준비를 위해 다니게 되었고, 나란히 서울대학교 서양화과에 입학한 두 사람은 졸업과 동시에 결혼에 골인했다.

당시 추상회화가 유행하던 경향과 달리 사람과 이야기가 있는 그림에 끌리는 성향도 마찬가지였다. 어린 남매를 데리고 1990년 미국 유학길에 올랐다. 뉴욕 스쿨 오브 비주얼 아트School of Visual Arts에서 이담이 먼저 석사과정을 마친 뒤 김근희가 이어서 다녔다. 이 학교에 일러스트레이션 학과를 만든 마셜 애리스먼Marshall Arisman 교수에게서 똑같이 지도를 받았다.

이담이 석사 2년 때 학교 전시회에 냈던 그림이 출판사의 눈에 띄면서 『Baseball Saved Us(야구가 우리를 살렸다)』(리&로 북스)라는 그림책이 1993년 출간되었다. 이 책은 지금까지 70쇄를 찍은 미국 어린이들의 필독서가 되었다. 이후 리&로와 올림픽 금메달리스트 새미 리 박사, 영화배우 이소룡 등을 소재로 한 책을 계속 내면서 일러스트레이터로서 입지를 굳혔다.

그는 한국은 물론 미국에서도 드물게 왁스 그림을 그린다. 고대 이집트 시대부터 사용된 왁스 물감은 밀랍에 안료와 송진을 섞은 것인데, 보존성이 좋은 반면 섬세하게 그리기 어렵다. 그는 열로 녹인 물감을 먼저 화면에 바른 뒤 철필 같은 도구로 긁어내는 방식을 개발했다. 중후한 색감과 굵은 선, 조각이나 판화를 하는 것처럼 촉각이 강한 작업

과정에 매력을 느낀 이담의 그림은 역사나 인물, 사회의식이 강한 이야기에 잘 어울린다.

반면 김근희는 수채나 유채를 사용하는 붓 그림이 편안하다. 대학원 졸업작품 〈Lost Times(잃어버린 시간들)〉는 그네, 고무신, 인두, 떡살, 장독, 치마저고리 등 사라져가는 우리 전통 살림을 유화 연작으로 그렸다. 글 솜씨도 갖춘 그는 같은 제목의 비주얼 에세이를 펴냈고, 1997~1998년에는 국내 기업의 의뢰로 야생화 달력을 그렸다.

부부는 유학을 떠난 지 21년 만인 2011년 한국으로 다시 올 때까지 뉴저지에 주로 거주하면서 양국에서 활발하게 활동했다. 이들이 지금까지 펴낸 책은 70권이 넘는다. 이 가운데 1996년 볼로냐 어린이도서전 일러스트레이션 전시작품인 『폭죽소리』는 부부의 공동작품으로 지금까지 스테디셀러로 남았다. 2010년 『명량 해전의 파도 소리』는 문화체육관광부 우수교양도서에 선정되었고, 『겨레전통도감: 살림살이』는 한국출판문화대상을 받았다.

이처럼 주목받는 작가 부부이면서도 미국에서 아이들을 키우며 사는 게 녹록지 않았다고 한다. 유학생활 초기 맨해튼의 작은 방에서 네 식구가 살 때부터 소비를 줄이고 작은 공간을 활용하는 삶이 시작되었다. 틈새까지 쓸모있게 수납하기 위해 헌 가구를 이용해 맞춤 가구를 제작했다. 지금 현관 앞에 놓인 벤치도 아이들이 어렸을 때 쓰던 2층 침대로 만든 것이다. 그림을 보관하는 데 편리하도록 얇고 넓은 서랍이 여러 개 달린 장 역시 수제품이다. 작가들에게 액자는 그림 재료보다 큰돈이 든다. 그래서 직각을 맞춰주는 코너 크램프를 이용해 액자도 직접 만들었다. 그 기계는 여전히 싱크대 모서리에 달려 있다. 기계를 쓰지 않으면 소음과 먼지가 없는 데다 재활용 가구는 표면 처리가 이미 되어 있어 아파트에서도 목공이 가능하다.

### "어디에 사는지가 아니라 어떻게 사는지가 중요하다"

이들이 한국으로 돌아온 건 아이들 덕분이다. 카네기멜론대학에서 컴퓨터 애니메이션을 전공한 아들 이범이 풀브라이트재단 연구원으로 1년간 체재비를 지원받아 한국 문화를 배우기 위해 왔다가 지금 아내를 만나 정착했다. 뉴욕에서 음악교사가 된 딸 이은도 경기도 안성 바우덕이 공연을 보고 전통음악에 반해 풍물을 배우겠다며 한국에 머물렀다. 부부는 딸과 함께 한국에 와서 산과 바다가 가까운 속초에 거처를 마련했다.

이들은 "우리가 일할 수 있는 곳이 집이라고 생각한다"고 말했다. 딸

이 다시 미국으로 돌아간 뒤에도 속초에 계속 머물게 된 것은 설악산 때문이다. 처음 왔을 때 설악산에서만 가능한 일을 해보자고 생각하면서 산속 동식물을 관찰하고 기록하기 시작한 게 5년 넘게 계속되었다. 야생화를 그릴 때부터 식물 그림에 관심을 가졌던 김근희는 "풀꽃을 담은 사진 도감에는 확대 사진이 많아서 막상 알아볼 수 없는 경우가 많다"고 말한다. 그의 작업실 벽을 가득 채운 그림들은 실제 크기일 뿐만 아니라 한 식물의 변화 과정도 엿볼 수 있다. 시간이 지나면서 전혀 다른 모습이 되기 때문에 같은 식물을 여러 차례 관찰한다. 이담은 함께 산에 오르면서 식물을 제외한 동물과 곤충, 자연의 모습을 왁스 그림에 담았다.

이들의 소박하고 특별한 삶은 음식에서도 드러난다. 껍질째 도정한 통밀을 구해 소금과 물, 이스트만 넣어 직접 발효시킨 빵을 굽는다. 양양 5일장에서 만난 농부 할머니의 단골이 되어 그 할머니의 텃밭에서 나는 제철 채소를 먹는다. 동물에게 고통을 주면서 생산한 음식은 먹지 않겠다는 생각 때문에 육식을 삼가고 억지로 출산과 수유를 반복하게 만든 젖소에게서 짠 우유도 마시지 않는다. 이들은 "직접 농사를 짓지 못하기에 농부 친구를 사귀는 게 가장 중요하다"고 말한다. 비료와 첨가물이 없는 음식을 먹는 일은 오랜 미국 생활에서 의료보험에 기대지 않고 건강을 지키려는 습관에서 비롯되었다.

부부의 식탁에서 함께 식사를 했다. 미리 일주일치를 만들어 냉동실에 얼려둔 통밀빵을 꺼내 오븐에서 데웠다. 흔히 사용하는 소스 대신 두유를 만들면서 생긴 콩비지를 샐러드에 얹었다. 주메뉴는 갖은 야채에다 오징어를 곁들인 해물 스파게티였다. 집에서 담근 도라지 피클에서는 매실향이 났다. 과일과 그 자리에서 원두를 갈아 내린 커피를 마셨다. 통밀빵을 만들 때 함께 구운 통밀과자가 후식이었다.

미국에 살 때 한 친구가 이들에게 "니어링처럼 사는군"이라고 했다. 스콧과 헬렌 니어링 부부를 몰랐던 이들은 니어링 부부가 살던 집인 메인주 굿라이프센터를 찾았다. 해초로 퇴비를 만들어 농사를 지었던 이들의 삶을 살펴보고 감탄하면서 "많은 사람이 좇아가는 유행의 흐름에 역행하며 사는 것에 대해 용기가 생겼고, 우리의 검소한 삶에 자부심이 생겼다"고 한다. '적게 갖고 풍요롭게'는 이담·김근희 부부의 모토가 되었다.

뭐든 직접 만드는 삶이 어떻게 가능할까? 더구나 미술작업까지 하면서. "충분히 가능하다"는 답변이 돌아왔다. "모두 바쁘다고 하는데 무엇 때문에 바쁜가요? 대부분 돈을 벌기 위해서입니다. 돈은 왜 벌까요? 소비하기 위해서입니다. 돈을 덜 벌고 소비를 줄이면 시간이 생깁니다." 현대인의 삶을 돌아보면 여가조차 소비로 구성되어 있다. 이들의 집은 어떤 삶의 방식을 선택할지 돌아보게 만든다. "어디에 사는지가 아니라 어떻게 사는지가 중요하다"는 말의 의미가 이해되기 시작했다.

## 이담 · 김근희

1959년 서울에서 태어났다. 나란히 서울대학교 서양화과를 졸업한 뒤 결혼해 남매를 두었으며, 1990년 미국으로 건너가 뉴욕 스쿨 오브 비주얼 아트 석사과정에서 일러스트레이션을 전공했다. 진솔한 주변의 삶을 그림으로 기록하는 비주얼 에세이 작업으로 미국과 한국에서 여러 차례 전시회를 열었고, 전통과 자연을 그림으로 기록하는 그림책 작업을 해오고 있다.

# 제2장

# 시간이 쌓인 집

# 1

## 아들의 손끝에서
## 아버지의 아흔 넘은 고택은 작품이 되었다

▼

설치미술가 최인준의 '자이당'

## '스스로 기쁨을 짓는 곳'

아버지와 아들은 집으로 통했다. 아버지가 가꾼 고택이 아들의 손에 의해 현대 예술작품으로 거듭났다. 광주광역시 남구 양촌길의 최승효 고택 자이당自怡堂. '스스로 기쁨을 짓는 곳'이라는 이곳의 이름은 최승효·최인준 부자의 삶을 대변한다. 두 사람에게 집은 단순한 거처가 아니라 예술적 영감의 원천이자 예술 자체였다.

광주 MBC 사장이던 최승효(1917~1999)는 1921년 지어진 고택의 가치를 알아보고 1965년 이 집을 사들인다. 대구사범학교를 나온 그는 광주에서 현대극장과 호남TV를 운영하다 MBC를 인수해 1968년부터 1982년까지 사장을 지냈다. 그는 방송국 바로 옆에 있던 자이당을 구입한 뒤 대대적으로 수리했다. 워낙 튼튼하고 아름답게 지어졌으나 해방과 6·25전쟁을 거치면서 주인이 바뀐 집의 상태는 폐가나 마찬가지였다. 3년에 걸쳐 최고의 목수와 자재를 들여 손본 끝에 집은 옛 영화를 되찾았다. 고서화 수집가였던 그는 이 집을 박물관으로 활용하고자 했다. 넓은 다락에 고서화를 가득 보관했으며 이웃 양옥을 한 채씩 사들여 집을 넓혀갔다.

그런 그가 1999년 세상을 떠났을 때 4남 5녀의 자식 가운데 3남인

최인준이 집을 관리하겠다고 나섰다. 유일한 예술가였던 그의 심미안은 이 집이 방치되거나 남의 손에 넘어가는 일을 용납하기 어려웠다. 원래 미술을 전공하고 싶었으나 부친의 반대로 연세대학교 화학과에 들어갔던 그는 2년간 광주 MBC에서 PD 생활을 하다가 1984년 뉴욕으로 유학을 떠났다. 그때 비디오아트의 창시자인 백남준을 만나 그의 추천으로 뉴욕 인스티튜트 오브 테크놀로지Institute of Technology에서 첨단 예술인 컴퓨터 아트를 전공했다.

"선친과는 좋은 관계가 아니었어요. 내가 미국까지 가서 무슨 예술을 한다고 하는데 그게 뭔지 아버지는 도무지 이해할 수가 없었죠. 그렇게 문화예술을 사랑하셨는데도 말이에요."

그래서 부친이 별세했을 때 자이당이 더욱 각별했다고 한다. 자이당은 아버지의 분신이자 그가 남긴 예술 애호의 결과물이었다. 아버지가 30여 년간 거주했던 집은 다시 생활의 때가 묻어 여염집으로 변한 상태였다. 자질구레한 살림이 온 집안을 차지하고 한옥 한쪽에 입식 부엌이 들어왔다. 최인준은 이 집 자체를 하나의 예술품으로 꾸미기로 마음먹었다. 그리고 아버지가 꿈꾸었던 대로 문화예술의 사랑방으로 만들겠다는 계획을 세웠다.

일단 집안의 모든 물건을 다 들어냈다. 한옥에 어울리지 않는 편의시

설도 뜯어냈다. 두 겹씩 달린 창호지 문을 떼어내 물에 불려서 닦고 새로 종이를 발랐다. 창문을 닦고 못을 뽑고 조금이라도 뜯기거나 뒤틀린 창틀과 마루를 모두 바로잡았다. 조명상가를 뒤져 타원형으로 생긴 한지 전등을 사다가 천장에 달았다. 마루, 바닥, 벽, 천장, 서까래, 기둥, 기와, 돌계단까지 그의 손길이 미치지 않은 곳이 없다. 1989년 광주시 민속자료 제2호로 지정받은 최승효 고택은 이렇게 조금씩 비워지고 다듬어졌다.

### 자연과 더불어 사는 집

자이당이 주는 즐거움은 두 가지에서 온다. 첫째는 자이당 자체이고 둘째는 자이당을 둘러싼 정원, 즉 최승효와 최인준 부자가 가꾼 3,000여 평의 환경예술이다.

자이당을 처음 지은 사람은 독립운동가이자 중국과의 무역으로 막대한 부를 쌓은 재력가였던 최상현이다. 그는 살림집으로는 전국적으로도 찾아보기 힘들 만큼 웅장하고 기품 있는 집을 지었다. 양림산 동남쪽 끝자락에 앉아 멀리 무등산을 바라보는 정동향 집인 자이당은 정면 8칸, 측면 4칸, 팔작지붕의 큰 규모다. 집터를 닦는 대신 산의 지형을 살려 건물 뒤편으로 경사지가 이어진다.

이 집은 전통 한옥과 개화기 건축이 혼합된 양식이다. 앞뒤로 열린 대청을 제외하고 양쪽 방 위에 넓은 다락을 두었는데, 이곳에 독립운동가들을 피신시켰다고 전해진다. 다락 채광을 위해 둥근 유리창을 넣었다. 서향인 뒤쪽에도 앞쪽처럼 툇마루를 만들고 석양을 차단하기 위해 대청문 위에 따로 미닫이 창문을 달았다. 당시 이 집을 짓기 위해 백두산과 압록강 인근 목재를 채취해 3년간 바닷물에 담갔다가 말려서 썼다고 한다. 자이당이란 편액은 추사 김정희의 스승인 청나라의 담계覃溪 옹방강翁方綱의 글씨를 집자集子했다.

최인준은 중학생 때 이 집을 처음 보았다. "아버지가 좋은 집을 샀다고 하는데 와서 보니까 '뭐 이런 집을 샀나' 하는 실망감이 들었습니다. 당시 돈 있는 사람들은 좋은 양옥으로 이사 가는 게 보통이었거든요." 아버지는 앞마당에 연못을 파고 댐 수몰지구의 고목들을 사다가 정원수로 심었다. 한옥을 훼손하지 않기 위해 뒤에다 부엌과 창고로 쓰는 붉은 벽돌집을 지었다. 선친이 조성한 자이당의 정원은 한눈에 모습을 드러내지 않는다. 국립아시아문화전당과 전남대학교 학동캠퍼스가 있는 도심과 가깝고 뒤쪽으로 광주 사직공원과 담을 맞댄 이 집은 자동차가 들어가지 못하는 골목길을 두 번 꺾어야 나타나는 조촐한 나무대문

으로 손님을 맞이한다. 쪽문을 열면 울창한 나무 사이로 기단 위에 세

워진 자이당이 보인다. 돌계단과 대청을 훑은 눈길은 지붕으로 향하는

데, 검은색부터 금색까지 다양한 색이 섞인 기와 위로 용마루를 한껏

높였고 추녀의 위세도 대단하다.

　집 앞에는 잔디가 깔린 아담한 정원이 있지만 이는 일부에 불과하다.

전체 정원은 집을 꼭짓점 삼아 원추형으로 경사가 점점 높아지면서 넓게 뻗어 있다. 이곳을 최인준은 자신의 미감과 노력으로 새롭게 가꾸었다. 집 뒤에는 경사별로 4개의 산책로가 있어 앞마당과 순환도로처럼 이어진다. 가장 낮은 길은 구부러진 소나무가 지붕을 이루는 장독대길이고, 두 번째 길은 편백나무 향기와 함께 무등산을 바라볼 수 있는 길이다. 나무 데크를 깐 세 번째 길은 빨간 동백꽃이 송이째 떨어진 동백나무길이며, 사직공원과의 경계를 이루는 옹벽 아래 오솔길에는 히말라야시다가 곧게 뻗어 있다.

정면에서 볼 때 자이당 오른쪽으로는 다양한 색과 크기의 돌과 타일로 바닥을 깔고 탁자와 의자를 놓은 휴식 공간, 나무로 낮게 만든 원형 무대와 함께 울창한 나무들이 신비로운 분위기를 연출하는 산책로가 숨어 있다. 또 자이당 왼쪽에는 원룸으로 꾸민 게스트하우스가 있고, 그 위 경사지에는 최인준이 작업실 겸 갤러리로 쓰는 2층짜리 양옥과 야외 공연장이 있다. 이 모든 장소에 그의 작품이 있다. 담장, 산책로, 공연장의 벽을 대형 캔버스로 삼고 나뭇가지를 오브제로 활용해 얼핏 자연과 구분되지 않으면서도 질서정연한 콜라주 작품을 만들었다. 나뭇가지나 껍질, 줄기가 빽빽이 붙은 작품은 이곳의 재료로 이곳에 맞게 만들어진 '장소 특정적 예술'이다.

## 하늘과 땅의 조화

이 집에서 가장 놀라운 장소는 최인준 갤러리 건물의 뒤편, 자이당에서 위로 왼쪽 대각선 방향에 있다. 경사진 정원은 산책로로 아기자기하

게 나눠져 있는데, 갑자기 축구장 절반 크기는 됨직한 넓은 잔디밭이
나온다. 그 잔디밭 끝에 수십 대의 폐피아노가 한 줄로 세워져 있다. 건
반과 부속이 분해된 피아노들이다. 10여 년간 뉴욕에서 살았던 최인준
은 센트럴파크를 생각하면서 불도저로 산을 밀어 잔디밭을 만들었다.
이곳이 개방된다면 많은 사람이 잔디밭에 누워 별을 쳐다보거나 앉아
서 멀리 광주 시내 야경이나 무등산을 감상하기를 바랐다. 그런 장소에
자신의 작업 재료인 폐피아노를 보관해둔 것이다.

정원의 콜라주 작품처럼 나무판자로 외관을 만든 최인준 갤러리는 2층이 작업실, 1층이 갤러리다. 작업실 앞베란다의 선반에 피아노 조각들이 있다. 실내에는 그가 만들던 작품들이 세워져 있다. 분해된 피아노 건반과 부속들을 캔버스 위에 몇 겹으로 촘촘하게, 자유분방하면서 유기적인 형태로 붙였다. 다른 종류의 작품은 잡지에서 떼어낸 컬러화보를 주름처럼 지그재그로 접어 사선으로 색깔을 조합하면서 붙여나간 것이다.

갤러리로 내려갔다. 뉴욕 시절 만든 초기작부터 최근작까지 많은 작품이 개방되지 않은 개인 갤러리에 걸려 있다. 뉴욕 작품은 나뭇가지에 소형 모니터가 걸려 있다. 최근작에는 산이나 강의 실루엣을 연상시키는 나뭇가지를 가로로 여러 개 붙이고 네온으로 실루엣과 별빛의 조명을 한 뒤 음향까지 넣었다. 피아노 조각과 나뭇가지의 콜라주를 위아래로 병치한 작품도 있다. 작은 그림을 타일처럼 붙인 방에서는 그가 들어가 스마트폰을 켜자 서라운드 음향으로 음악이 나오기 시작했다. 음악, 흐름, 해체와 조합 등 그가 백남준과 공유한 코드들이 느껴졌다.

그의 잡지와 나뭇가지, 피아노 조각 콜라주는 자이당 내부에도 여러 점이 걸려 있다. 비우고 다듬은 고옥을 현대 미술작품으로 채웠다. 아버지가 평생 사모아서 다락에 보관했던 6,000여 점의 고서화는 그의 사후 국립순천대학교 박물관에 기증되었다. 1톤 트럭 10여 대로 실어 낸 문화재는 250억 원대로 추산되었으며 도록이 11권까지 나왔다. 그 자리에 아들의 작품이 조금씩 들어갔다. 평생 독신인 그는 고택을 비워 두고 대문 바깥 별채에 산다. 3,000여 평의 집을 지키는 건 진돗개 진순이뿐이다.

"모든 게 'juxtaposition(병치)' 아닙니까. 하늘과 땅, 자연과 인공, 도시와 나무, 전통과 개화기가 만난 자이당, 고택과 현대 예술……. 그것이 내 설치작품입니다."

**최인준**

1950년 전남 광주에서 태어나 연세대학교 화학과를 졸업한 뒤 미국으로 건너가 뉴욕 인스티튜트 오브 테크놀로지에서 컴퓨터 아트를 공부했다. 1991년 뉴욕 한국문화원에서 '현대를 위한 수도원A Temple for the Modern Age'전을 연 것을 시작으로 여러 차례 개인전을 가졌다. 1995년 제1회 광주비엔날레에 초청작가로 참여했다. 1999년부터 자이당을 지키며 현대미술 작업을 계속하고 있다.

# 2

# 100년 세월이 켜켜이 쌓인 집, '회색의 사진가'는 빛바랜 미에 끌렸다

▼

사진가 민병헌의 '군산 근대가옥'

## 옛집이 내게로 왔다

그의 발걸음을 멈추게 한 것은 무엇이었을까? 사진가 민병헌은 2014년 1월 1일 경기도 양평군 문호리 작업실을 나서 전라도 방향으로 자동차를 몰았다. 어느 때보다 멀리 떠난 촬영 여행이었다. 안개, 나무, 설경, 폭포······. 그의 작품 소재는 주변 자연이었다. 장소가 중요하지 않은 풍경, 그래서 원형과 보편성을 지닌 사진들. 그러나 작가가 된 이후 '처음으로' 자신의 사진에 대해 생각하던 참이었다.

첫 도착지가 군산이었다. 30대 때 한 번 와보았던 도시다. 월명동에 들어선 순간, 시간이 멈춘 듯한 느낌이 들었고 너무 좋아 발걸음이 떨어지지 않았다. 그로부터 사나흘 군산항 인근 구도심을 맴돌았다. 그러다가 한 집을 발견했다. 그 집이 강력하게 그에게 손짓했다. 화려했던 과거를 간직한 폐가였다.

"미치겠더라고요." 수줍은 표정, 혼자 있기를 선택하는(혼자 있기 싫지만, 다른 사람과 같이 있는 것보다 낫다고 한다) 내성적 성향, 담백한 수묵화풍의 사진, 젤라틴 실버프린트를 최고 수준까지 올려놓은 남다른 노력······. 이런 것들과는 거리가 있는 단어였다. 그러나 그는 종종 비현실적인 아름다움에 미치는, 탐미주의자다. 군산의 집도 그런 대상이었다.

그 집에는 남다른 역사가 있었다. 일제강점기 군산은 호남평야의 쌀을 일본으로 실어내는 무역항이었고, 그런 일로 부를 일군 어떤 일본인이 100년 전 널찍한 양관洋館(일본식 서양집)을 지었다. 그들이 떠난 뒤 전북의 큰 사업가가 이 집을 인수했다. 그는 목조가옥인 양관의 한쪽이 무너지자 남아 있는 형태를 보존하면서 빨간 벽돌로 양옥을 덧대어 지었다고 한다. 증축 당시인 1970년대의 호사 취미가 반영된 것은 물론이다. 그런데 어찌 된 이유인지 이 집은 십수 년 이상 폐가였다.

외지 사람인 민병헌이 물정 모르고 그 집을 사려고 했을 때는 이미 여러 사람이 포기한 다음이었다. 몇 달 만에 후손들에게서 팔겠다는 구두약속을 받고 집을 둘러보니 가관이었다. 부유했던 살림살이가 엄청난 쓰레기와 뒤섞여 그대로 집 안에 방치되어 있었다. 부엌에는 쥐가 들끓고 옥상 물탱크가 터져 바닥에 물이 흥건했다. 천장이 무너지고 바닥은 썩었다. 이삿짐 트럭으로 두 차 반의 쓰레기를 걷어냈다. 우선 별채를 고쳐 머물면서 동네 목수를 불러다 집을 손보기 시작했다.

원칙은 살릴 수 있는 부분은 무조건 살리는 것이었다. 고치기보다 한 뼘은 족히 쌓인 먼지를 닦는 게 더 큰일이었다. 옛 자재를 그대로 쓰려고 성한 것끼리 떼어 붙였다. 비슷한 자재를 구하기 위해 서울의 건축 상가를 이 잡듯 뒤졌다. 정면에서 집을 보았을 때 왼쪽 양관에는 다다미

방과 다락, 벽을 사다리꼴로 뚫고 나간 창문이 달린 응접실이 있다. 오른쪽으로 덧댄 양옥에는 음악을 듣는 거실과 작업실, 부엌이 있고 2층은 침실로 이어진다. 마당 건너 창고는 암실로 만들었다. 이 모든 일이 2014년 1월 1일부터 2년간 일어났다.

변화는 사는 집에만 생긴 게 아니다. 그의 사진이 달라졌다. 흐린 날,

어두운 시간에만 찍던 그의 사진에 햇빛이 들어왔다. "사는 환경이 감성에 영향을 미치더라"는 것이다. 북한강 근처인 문호리 작업실에서 17년을 지내는 동안 주변의 눅눅한 기후를 반영하듯 그의 사진에 드리웠던 물기가 바짝 말랐다.

집을 사고 수리하는 사이 군산 인근 저수지에서 찍은 사진은 칼끝처럼 예리하다. 그저 물에 난 수초이거나 물가의 나뭇가지인데 그 선의 날카로움과 흑백의 대조가 보는 이의 마음을 후벼 판다. 정신이 쨍하고 들 만큼 또렷하고 명징하다. 여전한 흑백사진이지만, 생생한 자기주장이 실려 있다. 수묵화 같다는 평을 받는 자신의 사진에 대해 생각하면서 출발한 군산행. 그 여정의 결과는 뜻밖에 얻은 옛집과 함께 사진의 변모로 그에게 돌아왔다.

## 흑백사진은 느림의 미학이다

"그저 파인더로 들여다보는 것을, 암실을 좋아한다고 생각했는데 50대 중반에 보니 열등감이었다. 그걸 치유하는 과정이었다." 민병헌에게 사진이란 예술이나 직업이기 이전에 늘 곁을 지켜준 오랜 친구였다. 경기도 동두천에서 사업가 아버지의 차남으로 태어난 그는 형제들 가운데 가장 공부를 못했다고 한다. 고등학교 때 음악에 빠져 지내다 졸업하자마자 오디션을 보았는데, 음반사 관계자가 자신을 데려간 친구에게 "뭐 저런 놈을 데려왔어"라고 하는 말을 들은 뒤 포기했다. 친구와 '묵찌빠'로 정한 과는 전자공학과였다. 군대에 다녀온 뒤 복학하는 대신 신촌에서 만화방과 군고구마 장사를 했다. 그러다 카메라를 손에 잡았다. 고등학교 은사이자 사진작가인 홍순태 선생님(1934~2016)을 찾아가 당시 최첨단이던 흑백사진을 배웠다.

미래가 보이지 않는 암울한 상황은 어느 시대의 청춘이나 공통적으로 겪는 경험이다. 어떻게 살아야 할지 막연했던 젊은 그는 카메라를 들고 땅을 보면서 다녔다. 초기작 〈별거 아닌 풍경〉이나 〈잡초〉는 이렇게 나왔다. "사진이 발명된 이래 세상에 안 찍힌 사물은 없다. 문제는 자신만의 시각으로 보는 것이다." 그의 시각은 뿌연 안개였다. 안 그래도 흑백인데 노출마저 최소화한 사진은 피사체를 선명하게 드러내지 않았다. 그러나 오랫동안 쳐다보면 회색 장막 사이로 나뭇가지와 바위, 다리와 가로등이 형태를 드러낸다. 그런 질감을 잡아내기 위해 암실에서 수천 장의 사진을 인화했다. 때로는 백지 위에 먼지 묻은 손가락을 슬쩍 스친 것처럼 미묘한 색감이다. 그런 색을 가리켜 '민병헌 그레이'라고 하던가.

1990년대 이후 사진계는 많이도 변했지만, 그는 그 자리를 지켰다. 컬러 연출사진이 유행하는 동안, 필름 카메라가 디지털 카메라로 바뀌는 동안 계속 스트레이트 사진과 젤라틴 실버프린트를 고수했다. 특별한 철학 때문은 아니다. 그동안 해온 사진을 아직도 제대로 하지 못한다고 느꼈다(그는 촬영, 현상, 인화가 모두 중요한 작업의 일부이기에 사진을 찍는다고 하지 않는다). 관객 눈에는 보이지 않아도, 자신은 어디가 부족한

지 알았다. 예술가 특유의 집착이다.

그의 사진은 담백하고 투명하다. 밋밋한 듯하지만, 그 다양한 회색 뒤에 뭔가 숨겨져 있다. 흔히 푼크툼punctum(모든 이가 공유하는 감각인 스투디움studium과는 달리, 개인의 감정을 자극하는 요소를 가리키는 롤랑 바르트의 개념)이라고 부르는 것. 사진은 매개가 되어 좀처럼 눈에 보이지 않는 세계를 보라고, 그 속에서 각자의 기억과 감성을 돌아보라고 가리킨다. 회색 뒤의 다양함이야말로 그가 추구하는 세계다.

〈잡초〉에서 길가에 아무렇게나 돋아난 잡스러운 풀은 동심의 자연스러움을 드러낸다. 〈폭포〉에서는 물줄기가 쏟아지는 생동감이 느껴지는 동시에 물안개에 막혀 있는 막막한 기분이 든다. 〈강〉은 잔잔한 수면 위로 수묵담채가 지나간 듯 산의 형상이 애잔하다. 〈잔설〉의 흰빛에 이르러 그의 귀신같은 솜씨는 빛을 발한다. 그냥 흰색이라고 생각했으나 가장자리의 인화지와 비교하니, 그건 흰색이 아니었다.

민병헌이 자연 사진만 찍은 건 아니다. 누드와 포르노그래피도 있다. 여체의 아름다움, 섹스의 매혹을 담고자 했다. 형상이 아닌 에로틱한 분위기를 보여주고 싶어 여러 차례 시도했다. 직업 모델은 쓰지 않는다, 시간을 제한하지 않는다, 찍지 못하는 부위는 없다는 세 가지 원칙을 정해놓고 작업했다. 그의 벽장에는 공개하지 않았던 사진이 들어 있다. 포르노그래피보다는 누드가 좋았다. 사진 속 여성도 풍경처럼 회색 베일에 쌓여 있었다.

흑백사진은 느림의 미학이다. 설경을 찍으러 산에 올라가 하루 종일 일했는데 돌아와 보면 몇 장 못 건지는 일이 30년 경력의 사진가에게도 일어난다. 디지털 카메라처럼 바로 확인하지 못하니까 어떻게 나올지 기다릴 수밖에 없다. 프린트는 또 어떤가. 현상액을 제한된 시간에 골고루 대형 인화지에 묻히는 작업은 고도의 감을 요구한다. 확대기로는 제대로 반영되지 않는 주변부 빛의 양까지 감안해야 한다. 미세한 먼지가 확대되면 일일이 수작업으로 교정한다. 끝없는 인내와 노동의 산물이다.

## 옛것을 버리지 않는 변화

그가 즐겨 이야기하는 에피소드가 있다. 그의 사진을 좋아하던 한 스님이 그를 보고 깜짝 놀랐다. 개량한복을 입은 수행자 스타일이려니 짐작했으나 막상 만난 작가는 '상날나리'였기 때문이다. 그는 그 연배에 보기 힘든 패셔니스타다. 반백의 장발에다 남방과 조끼, 목도리, 니트를 멋지게 레이어드로 연출해 입었다. 당연하다. 그는 탐미주의자니까.

그에게는 어떤 사치의 감각이 있다. 사치란 자신이 좋아하는 것을 가지려고 나머지를 기꺼이 버리는 자세다. 완벽한 흑백사진이 주는 시각적 쾌락을 위해 원색과 효율에 눈을 주지 않는 것과 같은 이치다. 100년 된 군산 집이 주는 불편은 그에게 몰두의 행복을 맛보게 했다. 그 집이 너무 좋았던 것은 어릴 때 놀던 동네와 비슷하기 때문이다. 경제개발의 바람을 비켜난 군산의 구도심에는 양관과 양옥, 한옥이 뒤섞여 빚어내는 농축된 시간이 켜켜이 쌓여 있다. 그 집의 나무 문틀은 더는 구할 수 없다. 다양한 문양의 불투명 유리는 아련한 향수를 자극한다. 옛사람들의 체구마냥 나지막한 문은 사랑스럽다. 철문과 철창의 페인트가 살짝 벗겨진 모습이 좋아 절대 덧칠을 하지 않는다.

마당이 재미있다. 과거의 영화를 보여주듯 삼나무, 측백나무, 주목, 태산목, 향나무 등 고급 수종이 이층집을 넘는 높이로 자랐다. 그런데 어느 시점에선가 그 나무들은 정원 가장자리로 밀리고 마당은 관리하기 쉬운 시멘트로 뒤덮였다. 처음에는 그 시멘트가 보기 싫었지만, 이제는 그마저 한 시대를 반영한다는 생각에 사랑스럽다. 그래도 시멘트를 조금씩 걷어내고 작은 풀과 나무를 심어볼 생각이다.

300평 대지에 본채와 별채, 2개 창고를 건사하는 일은 녹록지 않다. 주변을 아름답게 꾸미는 걸 좋아하지만, 직접 자신의 손으로 집을 고치기는 처음이다. 부지런한 그는 집안 돌보랴, 사진작업 하랴, 바쁜 일상을 보낸다. 물론 그 후에는 달콤하고 사치스러운 휴식이 기다리고 있다. 천장이 높고 창문이 긴 응접실에 앉아 한 잔의 포도주를 마신다. 다다미방에서 낮잠을 즐긴다. 그리고 거실의 카드테이블과 나무 접이의자에서 음악을 듣는다.

그는 '서양 뽕짝'이라고 부르는 미국 컨트리 음악을 듣는다. 좋아하는 뮤지션은 싱어송라이터인 잭슨 브라운Jackson Browne과 마크 노플러

Mark Knopfler다. 그들의 공연을 보기 위해 도쿄와 릴까지 날아간 적이 있다. 그의 사진이 모두 비슷한 듯 보이지만 자연처럼 변화무쌍한 것과 마찬가지로, 그는 같은 가수의 같은 노래를 다른 버전으로 여러 차례 반복해 듣는다. 고즈넉한 저녁이면, 서울의 번잡함을 떠나 낯선 도시에 작업실을 일군 그가 어두운 조명 아래서 묵묵히 음악을 듣는다.

음악실 삼면에는 다른 방이나 현관으로 통하는 문이 있다. 천장에는

50년이 지난 샹들리에가 잘 닦여져 반짝반짝 빛을 발한다. 턴테이블과 스피커, LP와 CD, 집만큼 오래된 빈티지 가구 몇 점을 빼고는 비어 있는 공간이다. 은은한 불빛 아래로, 옛날 가수의 중저음이 흘러나온다. 한때 이곳에는 진흙과 쓰레기가 가득 찼다. 벽과 천장의 나무 패널은 빛을 잃고 누추하게 내려앉았다. 그러나 사진가의 정갈한 손길 아래 모든 빛은 일시에 살아났다. 100년 된 집의 '귀신'들과 함께한 그 과정은 일종의 발굴과 같았다.

아침 일찍 도착해 하루를 지낸 민병헌의 집에 뉘엿뉘엿 해가 졌다. 하늘에 드리운 잿빛 구름이 집을 단색으로 물들였다. 15세가 넘은 애견 희섭이 무료한 하루를 보내고 현관 앞에 엎드렸다. 이 집에 다시 하루의 시간이 쌓였다. 오래된 것이 주는 아름다움. 자신이 선택한 스타일에 대한 애착. 옛것을 버리지 않는 변화. 민병헌의 사진과 집이 가진 품격의 이름이었다.

**민병헌**

1955년 경기도 동두천에서 태어나 서울에서 자랐다. 1987년 〈별거 아닌 풍〉으로 주목받기 시작했고, 〈잡초〉, 〈눈〉, 〈폭포〉, 〈안개〉, 〈강〉, 〈누드〉 등 연작을 전시회와 사진집으로 발표했다. 광원이 없는 중간 톤의 밋밋한 빛에 의지해 사진이 아니고는 표현할 수 없는 대상들을 스트레이트 기법으로 찍어왔다.

# 3

바닷바람 피해 움푹 숨은 집,
오래 낡아온 역사가 좋았다
▼
역사학자 박옥걸의 '보길도 고택'

## '보길도를 빗자루질하다'

역사학자 박옥걸 아주대학교 명예교수와 전남 완도군 보길도의 인연은 그가 28세 청년이던 과거로 거슬러 올라간다. 당시 월간 『샘터』 편집부 신입사원이던 그에게 선배 김재희(전 유니세프 일본·호주 대표)가 부탁할 것이 있다고 했다. 자신이 바쁘니 방학을 맞은 아이들을 보길도 언니네 집에 데려다 달라는 것이었다. 그는 여름휴가를 활용해 보길도 여행도 할 겸 잘 되었다 싶어 아이들을 데리고 길을 나섰다. 한밤중에 용산역에서 호남선을 타고 새벽에 목포역에 도착했다. 다시 오전 9시 배를 타고 진도, 어란, 송호리를 거쳐 오후 3시쯤 보길도에 내렸다.

그곳 정자리에는 경주 김씨 후손인 김양제(1923~1997)와 김재희 언니인 부인 김전, 1남 4녀의 자녀들이 사는 고택이 있었다. 그 집에서 이틀을 지낸 뒤 서울로 돌아왔다. 그때까지도 그는 여행의 의미를 정확히 몰랐다. 얼마 뒤 맏딸 보정과 만나보겠느냐고 물어보아서 그러겠다고 했더니 서울로 올려보내 정식 맞선을 보았다. 다음 해 결혼해 부부의 인연을 맺은 두 사람은 딸 셋을 낳았다. "고향이 서울이고 보길도는 처음이었지만 낯설기는커녕 너무 좋았습니다. 그 후 매년 여름마다 처가에 내려왔죠."

결혼한 이듬해에는 고등학교 문예반 시절부터 가까웠던 소설가 최인호, 국문학자 장부일, 기업인 곽명규 부부 등 네 쌍이 여름휴가를 맞아 고택을 찾았다. 당시 최인호는 「별들의 고향」을 연재하고 있었는데 기차에서 만난 젊은이들이 작가 얼굴을 알아보지 못한 채 소설 이야기를 하자 "내가 바로 최인호야"라며 그들을 꽉 껴안았다고 한다.

『샘터』 편집장을 지낸 뒤 1978년 사직하고 모교인 성균관대학교 대학원 사학과에 돌아간 박옥걸은 「고려시대의 귀화인 연구」로 박사학위를 받고 1992년 아주대학교 한국사학과 교수로 부임했다. 보길도에 머무는 시간도 더욱 길어졌다. 여름방학이면 섬에 내려와 쉬면서 책을 읽고 논문을 썼다. 장인과 함께 배를 타고 바다낚시를 하는 재미도 쏠쏠했다.

정년 퇴임 10년 전부터 은퇴하면 보길도에 내려가 살겠다고 생각한 건 자연스러운 일이었다. '보길도를 빗자루질하다'란 뜻의 추보帚甫란 자호를 지어 친구들 사이에서 쓰기도 했다. 아내는 오히려 시골생활이 힘든데다 도시에서 정든 친구들과 어울려 살고 싶다며 친정행을 망설였으나 박옥걸은 뜻을 굽히지 않았다. 그렇게 2011년 정자리 고택으로 내려와 자리 잡고 노후를 보내는 중이다.

## "친정에 금목서가 피었구나"

보길도는 전남 완도군 화흥포항에서 청해진카페리호를 타고 40분간 바닷길을 달려 인근 노화도 동천항에 내린 뒤 차로 들어간다. 노화도와 보길도를 잇는 다리가 생기면서 보길도행 배는 끊어졌다. 노화도는 논이 넓고 저수지와 광산이 있으며 상업시설도 갖춘데 비해 보길도는 높고 수려한 산으로 둘러싸인 산간마을의 느낌을 준다.

관광지로 유명한 보길도는 조선 중기 문신인 고산 윤선도의 공간이다. 고산은 광해군 때 성균관 유생으로 정권 실세인 이이첨을 규탄하는 상소를 올렸다가 함경도로 유배되는 등 강성 남인 정치인으로서 20여년 동안 유배생활을 했다. 인조 때 장원 급제해 봉림대군의 스승을 지내기도 했으나 병자호란으로 인조가 항복했다는 소식을 듣고 이를 부끄럽게 생각해 제주도로 가던 중 보길도의 경치에 이끌려 이곳에 정착했다.

무수한 산봉우리들이 마치 피어나는 연꽃과 닮았다고 해서 붙여진 이름인 부용동에 자리 잡은 그는 격자봉 아래 낙서재라는 집을 짓고 계곡수를 받아 만든 연못 곁에 세연정을 세웠다. 동천석실은 차를 마시던 곳, 곡수당은 그의 아들이 기거하던 집이다. 고산은 가문의 재력을 바탕으로 보길도에 유토피아를 건설했으며 자신을 찾아온 손님을 떠나보냈던 항구에 맑은 이별이란 뜻의 청별항이란 이름을 붙이는 등 품격 있는 지명을 남겼다.

고산의 뒤를 이어 보길도에 자리 잡은 또 다른 양반이 김서온이다. 경주 김씨 후손인 그는 인조 때 통훈대부라는 벼슬을 지내고 보길도로 내려왔는데, 박옥걸 교수의 장인 김양제가 300년간 내려온 이 집안의 10대손이다. 개화기 이후 이 집안은 산림, 매립, 교육 사업으로 부를 일구었다. 보길도 서쪽 정자리에 자리 잡은 경주 김씨 고택은 정확한 건립 기록이 남아 있지는 않지만, 1800년대 중반부터 여러 대에 걸쳐 조금씩 증축된 집이다.

황원포를 지나 바다와 멀지 않은 도로변에 있는 고택은 폭 파묻혀 얼핏 눈에 띄지 않는다. 오랜 세월 난대성 식물이 지붕보다 웃자랐기 때문이기도 하지만, 인근 지형을 살펴보면 도로와 밭이 담장 높이와 비슷하다. 섬이다 보니 바람 피해를 막으려 일부러 움푹 들어간 땅에 집을 지은 것이다. 800여 평의 대지에 건물 4채와 150여 종의 수종이 어우러져 작은 식물원을 연상시킨다.

대문 양쪽으로 방을 들인 대문채와 마주보는 사랑채는 남성의 공간이다. 가운데 대청, 양쪽에는 방이 있는데 앞뒤가 유리창으로 훤히 트였다. 대문채와 사랑채 사이 정원에는 은행나무와 나한송을 비롯해 금목서, 석류, 목백 등의 나무들이 빼곡하다. 특히 금목서는 10월에 꽃이 피면 향기가 대단해서 앞섬 넙도로 시집간 딸이 "친정에 금목서가 피었구나"라고 알아차릴 정도였다고 한다.

정원 왼쪽에 세로 방향으로 창고와 욕실이 딸린 행랑채가 있고 가운데 문을 지나면 여성의 공간인 안채가 나온다. 기역자 모양의 안채에는 박옥걸 교수 부부의 방, 부엌, 장모 김전 할머니의 방이 나란히 있고 꺾

이는 부분에 작은 마루와 조상들의 신주를 모신 방이 있다. 외양은 고택이지만 생활하기 편리하도록 입식 부엌과 침실, 기름보일러로 바꾸었다. 안채 툇마루에 앉아 내려다보이는 안마당에는 은목서와 목련 아래로 은초롱, 낮달맞이 등 키 작은 꽃들이 소담스럽게 핀 화단이 있다.

안채를 돌아가면 다시 널찍한 정원이 나온다. 옛날 일꾼들이 살던 집을 허문 자리라서 2단에 걸쳐 방사형으로 퍼져 있다. 주인 모녀가 정성 껏 가꾼 꽃밭과 텃밭 가장자리에는 살구와 비슷한 열매를 맺는 비파나 무가 자라고 있다. 겨울에도 채소가 얼지 않아 사시사철 싱싱한 채소반 찬을 상에 올리는 게 이 집의 자부심이다. 마침 동네 할머니들이 주인 할머니를 도와 모종을 심고 있었다. 반듯한 잔디밭 한구석에는 예사롭 지 않은 탑이 눈에 띈다. 완도에 청해진을 설치했던 신라 후기 장보고 시대에 조성된 중암사지에 방치되어 있던 혜일 스님 부도로 추정된다.

가로 2채, 세로 2채가 서로 처마를 맞댄 고택의 모습은 안채 뒤의 높 은 정원에서도, 행랑채와 연결된 옥상에서도 한눈에 들어온다. 지금은 낡고 이끼가 자욱하나 '金(김)'이란 글자까지 새겨진 기와에서 과거의 영화가 느껴진다. 행랑채에 쓴 벽돌은 중국 건축의 영향이 보인다. 현 재 완도군 문화재인 이 집은 전라남도 문화재 지정을 권유받을 만큼 아 름다움을 간직하고 있다.

## 섬에 사는 즐거움

옛날부터 유명했던 고택이라서 이 집에 다녀간 사람이 많다. 고산 윤 선도를 공부하는 국문학자, 난대성 식물을 연구하는 식물학자, 여행객

등이다. 60년 넘게 이 집을 지켜온 김전 할머니는 30년 만에 다시 만난 젊은이들 이야기를 들려주었다. 여행길에 태풍을 만난 남녀 대학생 8명이 "정자리 고택으로 가보라"는 동네 사람들의 말을 듣고 밤늦게 찾아왔다. 돈이 다 떨어진 젊은이들을 공짜로 재워주고 먹여주고 여비까지 줘서 보냈다. "갚을 생각은 말고 어려운 처지에 있는 사람을 만나면 대신 도와주라"는 말과 함께. 그런데 30년이 지난 뒤 네 중년 남자가 찾아왔다. 그때 대학생들이었다. 이 집과 할머니를 잊지 못했다며 하얀 봉투를 건넸다.

경기여고 출신으로 아직도 세련된 미모를 간직한 할머니는 6·25전쟁 직전 서울에서 제일은행에 다니던 김양제와 선을 봐서 결혼했다. 전쟁이 터지자 보길도로 피란을 왔다가 서울로 갔는데 종손이 죽으면서 다시 내려와 가업을 이었다. 그는 "시아버님이 계실 때는 사람들이 하도 많이 찾아와 점심을 일곱 번 차린 적도 있다"고 했다. 시아버지 김상근이 1923년 보길초등학교를 세웠고 남편은 노화도에 있는 노화중·고등학교 설립을 주도했다. 남편을 여읜 뒤 오랫동안 혼자 고택을 지켰던 그는 "딸과 사위가 내려와서 마음이 놓인다"고 했다.

장모와 사위에게 보길도는 결혼으로 얻은 제2의 고향이다. 박옥걸 교수는 "보길도가 많이 변하지 않고 오랜 역사를 간직한 곳이라 소중하다"고 했다. 그는 2003년 식수 부족을 이유로 부용동 윤선도 유적지 인근에 대규모 댐 건설이 추진되자 당시 섬에 살던 강제윤 시인(섬연구소장) 등과 더불어 보길도사랑공동연대를 만들어 반대운동을 벌이기도 했다. 노화도와 보길도 사이에 다리가 놓이는 대신, 옛날처럼 배로 드나들었으면 보길도의 입구인 청별항이 더욱 발전했을 것이란 아쉬움도 있다.

역사학자로서 박옥걸 교수는 고려시대 귀화인을 집중 연구했다. 고려 인구 210만 명 가운데 10퍼센트가량이 귀화인이었고 발해 유민, 여진계, 원계, 거란계, 일본계, 중국계 순으로 많았다는 사실을 밝혔다. 초기에는 당나라 멸망 이후 고려에서 출세 기회를 찾는 한족 지식인이 많았고, 중기에는 여진 · 거란 등 북방 계통 민족의 귀화와 함께 발해 유민들이 대거 유입되었다. 재미있는 사실은 발해 유민이 같은 고구려 후손이라는 일반적 인식과 달리, 말갈을 비롯한 다양한 민족으로 구성되었다는 점이다. 후기에는 원나라가 고려를 실질적으로 지배한 만큼 아라비아, 일본, 동남아시아에서 다양한 민족이 원나라를 통해 들어왔다.

그는 "고려는 귀화인의 정착을 정책으로 권장하고 이들을 통해 새로운 제도와 문물, 기술을 수입해 적극 활용했다"며 "우리가 단일민족이라는 신화가 깨져야 다문화시대에 맞는 개방적 · 진취적 태도를 취할 수 있다"고 말했다. 그러면서 "은퇴 이후 귀농·귀촌을 꿈꾸는 사람이 많은데 여기에서도 가장 중요한 게 이웃에 동화되는 것"이라고 덧붙였다.

박옥걸 교수는 도시를 떠나 섬에 사는 즐거움을 이렇게 말했다. "그 옛날에도 유배가 괴롭기만 했겠습니까. 유유자적하는 삶의 즐거움이 있는 법이지요." 보길도 생활이 길어질수록 서울에 올라가는 일은 점점 뜸해진다. 아침, 저녁에 집안일을 주로 하고 낮 시간은 책을 읽거나 글을 쓰는 일로 보낸다. 수많은 나무가 떨구는 나뭇잎이 이른 새벽 그의 비질에 쓸려서 정원은 세수한 듯 말끔하다. '추보'를 자처한 그의 보길도 사랑이 느껴진다.

**박옥걸**

1945년 서울에서 태어나 성균관대학교 사학과를 졸업하고 같은 대학원에서 석사·박사 학위를 받았다. 월간 『샘터』 편집부 직원과 편집장을 지냈으며 1992년부터 2011년까지 아주대학교 한국사학과 교수를 역임한 뒤 현재 명예교수로 있다. 저서로 『고려시대의 귀화인 연구』를 펴냈다.

# 4

# 한국도 일본도 담긴 그 집에
# '그녀의 역사'가 깃들었다

▼

저널리스트 도다 이쿠코의 '인천관동갤러리'

## 한 · 중 · 일의 역사가 녹아 있는 곳

도요하시→도쿄→서울→하얼빈→군포→옌볜→다롄→난징→군포→인천. 도다 이쿠코戸田郁子 인천관동갤러리 관장은 이렇게 많은 도시를 거쳐 2013년 인천에 자리 잡았다. 인천이 최종 정착지가 된 것은 역사가 있는 도시이기 때문이다. 그중에서도 중구 신포로, 옛 주소로 관동官洞은 개항 이후 일본 조계지租界地이자 차이나타운이 인접한 곳으로 한 · 중 · 일 3국의 역사가 녹아 있다. 일본에서 일본사를 전공한 뒤 한국에서 한국근대사를 공부하고 중국에서 독립운동사와 조선족 역사를 취재한 저널리스트인 그에게 인천은 동아시아의 축소판이다. 그래서 구시가지에 남은 90년 된 일본식 가옥을 보자마자 "바로 이곳이다"라고 느꼈는지 모른다.

도다의 살림집이자 일터인 인천관동갤러리는 인천 부두길에서 중구청으로 올라가다 오른편 도로로 접어들면 찾을 수 있다. 길을 따라 비슷한 크기와 모양의 집이 6채 붙어 있는데, 그중 회색 철판으로 외벽을 만든 2채가 그의 집이다.

왼쪽 살림집은 대문을 지나 현관문을 열고 들어가면 긴 복도가 나온다. 복도 오른쪽은 길게 이어진 방이고 복도 중간에는 2층으로 올라가

는 계단이 있다. 복도 끝은 부엌, 그다음은 마당, 창고다. 2층 역시 긴 복도 오른쪽으로 방 3개가 나란히 있고 복도 끝 화장실을 거쳐 옥탑방이 있는 옥상으로 나가게 되어 있다. 오른쪽 갤러리의 구조 역시 대문 대신 쇼윈도와 출입문이 있을 뿐 살림집과 비슷하다. 전시장으로 쓰이는 이곳은 원래 있던 복도와 방 사이 벽을 터서 넓은 공간을 확보했다. 1층에는 아트숍과 접객실, 게스트룸이 만들어졌고 2층은 전시장에서 옥상으로 이어진다. 도로에 접한 앞면이 좁고 뒤로 긴 집들은 필요한 공간을 일렬로 연결한 모양새다.

그런데 상상을 넘는 공간이 있다. 두 집을 이어주는 다락이다. 원래 이 집은 6채가 한 지붕 아래 큰 대들보로 연결되어 있는 구조이며 천장 윗부분은 아무도 안 쓰는 공간이었다. 수리하면서 내려앉은 지붕을 바로 세우고, 원래 천장의 절반은 지붕까지 트인 상태로 놔둔 채 절반만 천장판을 보강해 다락 서재로 만들었다. 살림집도 마찬가지다. 2층 천장 구석을 입구를 내 지붕 아래 다락과 통하도록 했다. 그리고 두 집 다락 사이 벽을 텄다. 요즘 지어진 땅콩집처럼 벽을 공유한 26평짜리 두 집이 다락을 통해 왔다갔다 할 수 있는 셈이다.

이렇게 재미난 집의 역사는 어림잡아 90년 전으로 거슬러 올라간다. 1883년 개항 이후 1945년 해방될 때까지 인천에는 일본 조계지를 중심으로 많은 일본식 건축물이 지어졌다. 인천부청(현재 중구청이며 1985년까지는 인천시청) 앞은 혼마치本町로 불리던 번화가로 은행이나 상점이 줄지어 있었고, 그 뒤는 도시민들이 거주하는 나카마치仲町였다. 이곳에 격자 모양으로 도로를 배치하고 구역마다 도로에 접한 도시형 주택인

마치야町屋를 지었다. 원래 마치야는 상인이나 기술자들이 살면서 일하던 직주 일체형 주택인데, 에도시대에 도시형 서민주택으로 발전했다. 이 중에서도 여러 채의 집이 이웃과 벽을 공유하는 연립형 목조주택을 나가야長屋, 자세히는 무네와리 나가야棟割長屋라고 불렀다. 인천관동갤러리의 원형은 관리가 많이 산다고 해서 붙여진 관동이란 지역에 들어선 인천부청 관리들의 관사였던 나가야로 보인다.

이 집의 역사를 밝히고 원래 구조를 살리면서 주인의 용도에 맞게 수리해준 사람은 한양대학교 건축학부에 재직했던 도미이 마사노리富井正憲 교수다. 도다 관장과 친분이 있던 도미이 교수는 식민지 운영 과정에서 동아시아에 남은 일본식 가옥을 연구해왔는데, 수리의 설계를 맡았을 뿐 아니라 직접 망치를 들고 집을 고친 목수로도 참여했다. 그는 교토대학에 보관되어 있던 오래된 인천 지도에서 인천관동갤러리가 속한 6채의 나가야를 확인했다. 이 지도는 1935년에 촬영한 항공사진을 바탕으로 제작되었다. 그런데 공사를 하다가 천장판의 작은 보를 감싼 일본어 신문지 조각이 발견되었다. 『경성일보』다이쇼 13년(1924) 1월 19일자였다. 신문지를 10년씩 보관할 리가 없으므로 1년 전 신문이라고 하더라도 건축 연도는 1925년경으로 올라간다. 집의 역사를 확인한 도미이 교수가 말했다. "이 집은 정말 도다를 기다리고 있었던 것 같아요!"

## 민족을 뛰어넘는 인간적 유대

도다 관장은 "평생 역사를 좇아다니면서 살았기 때문에 역사가 깃든 장소에 정착하고 싶었다"고 말했다. 그는 가쿠슈인대학 사학과 학생이던 1979년 자매결연학교인 계명대학교와의 학생 교류 프로그램으로 한국에 처음 왔다. 일본에서는 식민지배의 실상을 잘 몰랐는데 일본인에 대한 한국인의 적대심을 접하고는 도대체 무슨 일이 있었을까 호기심이 생겼다. 대학을 졸업하고 잠깐 회사에 다니다가 부모의 반대를 무릅쓰고 한국으로 유학하러 왔다. 한국어를 공부한 뒤 1985년 고려대학교 사학과에 들어가 한국근대사와 독립운동사를 배우면서 왜곡된 역사 기술에 대한 문제의식을 갖게 되었다.

당시는 86아시안게임과 88서울올림픽을 앞두고 일본에서 한국에 대한 관심이 높아진 상황이라서 한국을 일본에 소개하는 저널리스트로 일하기 시작했다. 그때까지 일본인이 가졌던 한국에 대한 인상은 군사 독재, 남북 분단, 기생 관광 등 부정적 내용 일색이었다. 그런데 젊은 유학생 도다는 처음으로『아사히신문』,『분게이슌주文藝春秋』등에 한국 일상을 소개하는 기사를 써서 인기를 끌었다. 한국 젊은이의 생활, 대중 문화, 의식주, 관광지 등이 기사 소재였으니 한류의 원조격이다. 그는

유학을 오자마자 '웃자통신'이란 사설신문도 만들어 일본 지인들에게 보내고 있었다. 이쿠코佛子의 한국 발음인 '욱자'가 한국어 '웃자'와 발음이 비슷한 데 착안해 지은 제목이다.

사학과 공부를 2년 만에 그만둘 만큼 빌려늘던 일거리는 88서울올림픽이 끝나면서 거짓말처럼 사라졌다. 이제 식상하다는 반응이었다. 일본으로 돌아갔다가 이번에는 중국으로 가보기로 했다. 어렸을 때 NHK에서 본 실크로드 다큐멘터리의 장면들이 생생하게 떠올랐다. 1989년 하얼빈 헤이룽장대학 중국어 연수과정에 입학했다. 그때 일본어 모임에 나갔다가 노년의 조선족학교 수학교사 이주훈을 만났다. 조선족인 그는 일제시대 와세다대학에서 유학했기 때문에 일본에 대한 향수가 깊었다. 너무 자상한 그에게 도다는 "왜 이렇게 저한테 잘해주세요"라고 물었다. 그러자 일본 하숙집 아주머니 이야기를 꺼냈다. 자신에게 밥을 많이 퍼주면서 "멀리서 온 사람이 제일 배고프다"고 했던 아주머니는 그에게 민족을 뛰어넘는 인간적 유대의 소중함을 가르쳤다.

하얼빈 어학연수는 오래가지 못했다. 베이징에서 톈안먼 사태가 터지면서 학생 시위가 전국으로 확산되는 것을 우려한 당국이 대학 폐쇄령을 내렸기 때문이다. 중국어를 제대로 못할 때였다. 그래도 한국어는 할 줄 아니 옌벤으로 가자고 결심했다. 옌벤대학에 여장을 풀고 사학과 사무실로 찾아가 만난 사람에게 "조선족 역사를 배우고 싶다"고 했더니 "내가 가르쳐주겠다"고 했다. 박창욱 교수였다. 한 달간 그가 매일 도다의 숙소로 찾아와 묻고 대답하는 식으로 역사를 공부했다. 그때 독립운동사의 이면을 보면서 한국에서 배운 역사 역시 전부가 아니란 사실을 깨달았다.

다시 서울행을 택했다. 이번에는 한국 남자와 결혼하게 되었다. 취재를 함께했던 세 살 연하의 사진작가 류은규다. "류씨 가문에 쪽발이 며느리가 웬말이냐"라는 시댁의 반대, "조센징 사위는 볼 수 없다"는 친정의 반대를 뚫고 1991년 결혼한 이야기는 『분게이슌주』에 연재되었다. 이 글은 『한 이불 속의 두 나라』란 책으로 일본에서 나왔고 한국에도 번역되었다. 아들 명수가 태어났으나 근대사를 더 알기 위해 중국으로 돌아가겠다는 결심은 접을 수 없었다. 6개월 된 아기를 데리고 1993년 다시 하얼빈으로 갔다.

부부는 이때 조선족의 역사와 만주 독립운동사를 본격적으로 접했다. 한·중 수교 직후였으니 미지의 세계였다. 남편은 독립운동가 후손의 사진을 찍고 자신은 숨은 역사를 취재했다. 남편은 동시에 조선족 초기 세대 사진을 수집했다. 그들의 역사가 묻히는 게 안타까웠기 때문이다. 1998년 일시 귀국해 '잊혀진 흔적'이란 제목의 사진전을 열고 자료집도 냈다. 평생 과제의 시작이었다. 류은규가 옌벤대학 사진과 교수가 되면서 가족은 2000년 다시 옌벤으로 향했다. 2006년 한국에 돌아올 때까지 류은규가 수집한 조선족 사진은 5만 장으로 늘었다.

## "저 아줌마, 일본어 참 잘하네"

다시 한국행을 선택한 것은 아들의 교육문제 때문이었다. 한국인 아빠와 일본인 엄마 사이에 태어나 중국에서 초등학교를 마친 아들은 자신이 중국인이라고 생각했다. 한국 손님이 "목에 맨 빨간 스카프가 뭐냐"고 묻자, 초등학생이던 아들은 "혁명에서 희생된 공산당원의 피를 모르십니까?"라고 똑 부러지게 대답해 한국 손님을 놀라게 했다. 도다를 따뜻하게 맞아준 하얼빈의 이주훈 교사는 한국인으로 중국에서 살면서 일본을 그리워했다. 근대사를 거치면서 복잡하게 얽힌 한·중·일 관계는 각 국민 간에 적대감을 낳았으나 실제 삶의 결은 이처럼 다채롭다.

군포시 산본신도시에서 중·고등학교를 마친 아들이 일본 대학에 진학한 뒤 부부는 국제공항이 가깝고 역사가 깊은 인천에서 살기로 했다. 몇 달간 발품을 팔아 개항장 주변의 집을 보러 다녔지만 마땅한 집을 찾지 못했다. 그러다가 2013년 관동 살림집에 처음 들어섰을 때 도다

는 일본의 어린 시절로 돌아간 듯한 착각이 들었고 2년 넘게 매물로 나와 있던 헌 집을 덥석 샀다. 그러나 이곳에는 일본 풍경만 있는 게 아니다. 거리는 그가 1983년 서울에 처음 왔을 때 한국어를 배우던 신촌과 닮았다. 중국 풍경도 있다. 지금 인천관동갤러리가 된 건물은 중국인 서커스단 합숙소였다. 20명의 젊은이들이 모여 살면서 골목에 나와 접시 돌리는 연습을 하기도 했다. 그들이 충남 당진의 서커스촌으로 떠나면서 이 집을 샀다.

2015년 초 문을 연 인천관동갤러리의 첫 전시는 집수리 과정을 소개한 '일식주택 재생 프로젝트'전이었다. 인천관동갤러리는 도다 관장이 운영하는 출판사 토향의 사무실, 조선족 사진자료 아카이브, 아트숍, 게스트하우스이자 일본 주택의 원형을 보존하는 전시장이다. 천장 구조를 드러내고 옛날 벽의 일부를 남겨두는 등 원형을 가늠할 수 있도록 배려했다. 광복 70주년이던 그해 8월 15일 무렵에는 인천근대박물관과 함께 '자료로 보는 일본침략사'전을 열었다. 이곳에서 처음 맞은 이듬해 설에는 한·중·일 3국에서 길조로 여기는 두루미를 소재로 한 각종 그림과 생활용품을 전시했다.

도다 관장은 2011년 일본 이와나미출판사에서 나온 자신의 책 『중국 조선족을 살다』를 다시 한국어로 번역했다. 하얼빈과 옌볜에서 만난 사람들의 이야기다. 직접 운영하는 토향출판사에서는 『연변 문화 대혁명』, 『소리길을 찾아서』, 『중국현대아트』 등 한·중·일을 잇는 책을 펴냈다. 세 나라를 한꺼번에 체험하려는 갤러리 방문객은 조금씩 늘어나고 있다. 외국 손님도 심심찮게 찾아온다. 그가 인근 신포시장에 일본 손님을 데려가면 평소 낯익은 상인들은 수군거린다. "저 아줌마, 일본어 참 잘하네." 그러다가 중국 손님을 데려가면 어리둥절해진다. "중국어까지 하네?"

**도다 이쿠코**

1959년 일본 나고야시 부근 도요하시에서 태어나 가쿠슈인대학에서 일본사를 전공했다. 1983년 한국에 유학 와서 고려대학교 사학과에서 공부했으며, 『아사히신문』과 『분게이슌주』 등에 한국 관련 기사를 썼다. 1993년부터 2006년까지 중국 하얼빈과 옌볜에 살면서 일본어를 가르치고 조선인 항일투쟁사를 연구했다. 『한 이불 속의 두 나라』, 『일본 여자가 쓴 한국 여자 비판』, 『모던 인천: 조감도와 사진으로 보는 1930년대』 등을 펴냈다.

# 5

# 천재 건축가의 '이상한 설계', 누이는 그 불편함이 좋았다

▼

의상디자이너 김순자의 '고석 공간'

## 오롯이 누이를 위한 공간

　서울 명륜동 주택가에는 남다른 집이 있다. 건축가 김수근 (1931~1986)이 타계하기 3년 전에 지은 가정집. 그 시절 김수근은 서울 올림픽 주경기장, 경동교회, 국립과학관 등을 짓던 대가였다. 그런 그가 80평 남짓한 대지에 지하 1층, 지상 2층짜리 살림집을 설계했다. 왜?

　그 집의 주인은 건축가의 바로 손위 누나인 의상디자이너 김순자와 그의 부군인 박고석 화백(1917~2002)이다. 가난한 예술가의 아내로, 재미 사업가로 평생 고생하며 살았던 누이가 여생을 보낼 집을 지었던 것이다. 김수근 건축의 특징인 붉은 벽돌집으로 콘크리트와 나무로 골조를 세웠고 보통집 30채 분량의 미송이 들어갔다. 세월이 무색할 만큼 여전히 탄탄하고 아름다운 그 집에서 김순자는 30년 넘게 살고 있다. 이 집은 별세한 바깥주인의 이름을 따서 '고석 공간'으로 불린다.

　대문을 열고 들어가면 붉은 벽돌 바닥과 계단이 나온다. 이 집보다 조금 앞선 대학로 문예회관(현재 한국문화예술위원회), 옛 샘터 사옥과 비슷한 느낌이다. 검은색 목재 기둥과 창틀이 격자형으로 우람하게 집을 받쳤으며, 1층에 아케이드처럼 테라스를 만들어 개방감을 준다. 가로로 긴 대지에 들어선 건물은 앞에서 보면 직선이고, 뒤로 돌아가면 살

림집 용도에 맞춘 아기자기한 공간이 돌출
되어 있다.

집 안에서 먼저 눈에 띄는 곳은 원형 계단
이다. 생전의 박고석 화백이 작업하던 지하
아틀리에부터 1,2층을 지나 옥탑방까지 뱅
글뱅글 돌아간다. 4개층을 관통하는 계단은
집의 왼쪽에 있고 계단참마다 각층으로 이
어진다. 지하 1층과 지상 1층은 공용 공간이
다. 김수근은 화가인 자형과 건축, 일러스트
레이션, 사진을 전공한 세 조카를 위해 집인
동시에 아틀리에, 스튜디오이자 사무실로 사
용가능한 설계를 채택했다. 실제로 이 집은
가족의 인생주기에 따라 각자 나고 들며 그
렇게 쓰였다. 한 층 전체가 넓게 트였고 휴식
실, 수납실, 화장실이 숨어 있다.

2층은 오롯이 누이를 위한 생활공간이다. 침실을 만들고 나니 거실
은 좁아졌다. 부엌과 다용도실을 마련했다. 그런데 보통 집에는 없는
특별한 공간이 있다. 복도처럼 긴 거실의 한쪽 편에 툇마루가 있고 바

닥이 높은 한식방을 만들었다. 독실한 불교 신자인 누이의 기도실이다.

창호지를 바른 여닫이문을 열면 문갑과 책상, 사방탁자 등이 갖춰져 사

랑방 느낌이 든다. 그 방의 벽에는 박고석 화백의 미완성 유화가 걸려

있다. 설악산 울산바위가 원경으로 보이는데 아래는 벚꽃이 흐드러진 쌍계사 풍경이다. 채색이 덜 되었으나 밝고 따뜻하다.

안주인은 이 기도실을 가장 좋아한다. 매일 불경을 읽고 기도하면서 잔잔한 노년의 일상을 이어간다. 다시 원형 계단을 올라 옥탑방으로 가자 의상디자이너였던 김순자의 재봉틀이 보인다. 자식과 손주들이 입었던 옷들, 자투리 천들이 가지런히 서랍에 정리되어 있다. 바깥 옥상에는 2층 화장실, 부엌, 다용도실의 천창天窓이 장방형으로 튀어나와 있다.

집의 내벽은 붉은 벽돌이다. 침실을 제외하고는 모두 벽돌로 마감했지만 차가운 느낌은 들지 않는다. 거기에 어우러진 나무 때문이다. 건물 전면으로 난 거실창은 미송으로 짠 격자 미닫이창으로, 한쪽 가로 길이가 3미터가 넘는다. 유리 대신 창호지를 발라서 커튼 없이도 필요한 빛만 통과시키는 창문을 활짝 열자 골목이 한꺼번에 달려든다. 격자 무늬는 건물 외관에도, 현관문에도, 거실창에도 적용되어 통일감을 준다. 방문, 창문, 가구까지 모두 같은 미송으로 맞추었다. 집을 지을 당시 10년간 말려 조금의 뒤틀림도 없는 나무는 이제 구할 수도 없다. 집은 고급스럽기보다 곡진하다. 그곳에 사는 사람을 생각하면서 지은 건축이 갖는 진정성이다.

## 한복을 짓다

김순자는 집 지을 당시를 회고하면서 친정어머니 이야기를 꺼냈다. "아범이 나이가 됐고 초상나면 아파트에서 문상받기가 싫다고 했더니 어머니가 야단을 치셨다. 예술가가 죽으면 거적문을 들추고 들어와야지, 좋은 집이 무슨 필요가 있느냐는 것이었다." 그 뜻을 거스르고 집을 지었지만, 어머니의 훈계는 못내 뇌리를 떠나지 않는다. "우리 어머니, 참 훌륭하신 분"이라고 했다. 이 집은 그에게 정착과 휴식의 의미를 가졌다. 김순자는 20여 년의 미국 생활을 접고 한국으로 돌아온 참이었다.

그는 전쟁이 한창인 1950년 10월 23일 박고석 화백과 결혼했다. 이화여자대학교 미술과를 다니면서 대학생과 화가들의 모임에서 만났다. 그의 친정아버지 김용한은 일제시대 큰 사업가였다. 경북 안동이 고향인데 중학생 때 집을 나와 금광, 어장, 목재 사업으로 가산을 일구었다. 함경도 청진에 집이 있었으나 4남 1녀는 어릴 때부터 서울에서 공부시켰다. 침모가 옷을 지었고 러시아에서 건축기사를 데려와 집을 지었다. 청진 식구들이 서울 나들이를 할 때는 기차 한 량을 빌려 타고 다닐 정도로 유복했다.

박고석 화백은 평양의 목사인 박종은의 4형제 중 막내였다. 『성경』에

나오는 인물 요셉이 그의 이름이지만 숭실중학교 재학 시절 낡은 돌 이란 예명을 스스로 지었다. 니혼대학 미술과를 졸업한 뒤 1943년 도 쿄 사쿠하치 화랑에서 첫 개인전을 열었고 해방 후 월남해 홍익대학교, 중앙대학교, 세종대학교 교수를 지냈다. 김순자의 아버지는 두 사람의 결혼을 반대했다. 그러나 돈만 따지는 사업가가 싫었던 그는 화가의 자 취방에 덩그러니 놓인 낡은 고리짝이 좋아 보였다. 9월 28일 서울 수복 직후에 태화여자관에서 올린 결혼식에는 어머니를 비롯해 7명만 참석 했다. 결혼식 사진은 동생 김수근이 찍었다.

결혼하자마자 부산으로 피란을 갔다가 환도해 서울 정릉에서 살았 다. 기태(1951년생), 은영(1953년생), 기준(1956년생), 기호(1960년생) 등 4남매가 태어났다. 그는 1960년대 초반부터 한복 짓는 일을 시작했다. 국립악극단 의상을 맡아 집에서 한복을 만들었다. 이웃에 살던 음악평 론가 박용구가 오페라 무대 관련 서적을 건네기도 했다. 당시에는 궁중 의상을 본 사람이 별로 없었는데 낙선재 이방자 여사(고종 황태자 이은의 비)가 옷을 보여주거나 도움말을 주었다. 궁중의상연구가라는 직함을 얻었다.

그러다가 1964년 하와이와 워싱턴 D.C.에서 미국 국회의원부인회 주최로 한복패션쇼를 열게 되었다. 이 일이 계기가 되어 이듬해 패션학교에 입학했다. 4남매가 딸린 37세의 주부였지만, 제대로 공부해보고 싶다는 향학열에 불탔다. 이곳에서 기타라는 이란계 미국 여성을 만나 함께 사업을 시작했다. 옷을 직접 디자인해 만들면서 코디네이터 역할까지 맡았다. 한국에서도 사업이 될 것 같아 서울로 돌아와 조선호텔에 2년간 방을 임대해 고관대작의 부인을 대상으로 코디네이션을 했다. 그러나 생각처럼 잘 되지 않았다.

1968년 다시 미국으로 돌아갔다. '순자 박 디자인'이란 이름으로 앵커 바버라 월터스를 비롯한 방송인, 메리어트호텔의 설립자인 메리어트가* 여성들, 국회의원 부인 등의 의상을 제작·자문했다. 그러면서 막내부터 4남매를 차례로 미국으로 불러 공부시켰다. 삼촌의 건축사무소인 '공간'에서 일하던 장남 박기태가 뉴욕 프랫인스티튜트Pratt Institute에 입학하고 막내 박기호도 대학생이 되자 1982년 사업에서 은퇴해 남편 혼자 살고 있는 한국으로 돌아왔다.

부부는 이듬해 명륜동 집을 짓고 살면서 안정을 찾았다. 김순자는 차남이 결혼하면서 집을 맡기고 설악산에 작업실을 얻어 살던 1989년부터 2~3년간을 인생에서 가장 행복했던 순간으로 꼽는다. "그때는 선생도 아니고 공동체의 사람도 아니고 여자들의 애인도 아니고, 오롯이 내 남편이었다"고 회고했다. 설악산에 살면서 남편은 그림을 그리고 자신은 살림을 했다. 언제나 함께였다. 병세가 나빠져 서울로 돌아왔지만 "그때의 행복했던 추억 때문에 나머지 삶을 살고 있다"고 했다.

### "이 집, 참 잘 지었다"

예술가 아내의 삶은 벅찬 일이다. 창작의 불안을 지켜보아야 하고 생활을 책임져야 했다. 적어도 그의 시대는 그랬다. 박고석은 부산 피란 시절 이중섭, 김환기, 한묵 등과 어울렸다. 특히 이중섭은 형제처럼 지내다시피 했다. 그는 너무 가난한 나머지 겨울에도 불을 땔 수 없을 정도였다. 하루는 남편이 "양심이 있으면 중섭이 방에 연기라도 내보라"고 했다. 그 말에 화가 난 그는 이중섭의 집으로 갔다. 방에는 스케치북, 일본 부인에게 쓴 편지, 담뱃갑 은박지 그림 등이 널려 있었다. 싹 걷어다가 아궁이에 불을 지폈다. 나중에 그 일을 남편에게 이야기했더니 "잘 태웠어. 그림이 너무 많으면 희소가치가 없거든"이라고 말했다.

이중섭의 뼛가루를 먹기도 했다. 어느 날, 남편이 종이에 싼 가루를 주면서 잘 놔두라고 했다. 뭔지 궁금해서 펴보니 하얀 가루였다. 손으로 찍어 먹어보아도 별맛이 없었다. 그런데 1년이 지난 뒤 남편이 그때 맡겨둔 종이를 찾았다. "무슨 종이?" 했더니 "중섭이 말이야"라고 했다. 이중섭을 화장해 일부는 일본 가족에게 보내고 일부는 망우리에 묘소를 만들고 나머지를 가져왔던 것이다. "나중에 뼛가루란 사실을 알고도 어떤 역겨운 기분도 들지 않았다. 그래서 그가 얼마나 좋은 사람인지 알았다"고 한다. 그 가루를 항아리에 담아놓고 제사상을 차렸다.

신문이나 잡지 삽화를 많이 그리고 칼럼도 썼던 박고석 화백은 김수영, 구상, 최인훈 등 문인들과 어울렸다. 고은 시인은 정릉집에 식객으로 여러 해 머물렀다. 미국에서 일하던 1960년대 후반, 잠시 한국 집에 다니러 왔는데 밤에 상송 비슷한 소리가 들렸다. 그 소리는 점점 커졌다. 알고 보니 고은 시인이 독경하면서 집으로 돌아오는 길이었다.

김순자는 동생 김수근을 도피시킨 기억도 풀어놓았다. 1950년 서울대학교 건축공학과에 입학한 김수근은 전쟁이 일어나자 징집되어 통역관으로 근무했다. 휴가를 받아 자신이 살던 부산 신혼집으로 찾아왔는데 그냥 놔두면 무슨 일이 벌어질지 모르겠다는 생각이 들었다. 새댁은 평양의 시어머니가 보내준 다이아몬드 반지와 신랑의 유화물감 박스를 팔아돈을 마련했다. 그리고 밀항해줄 사람을 사서 동생을 일본으로 보냈다. 그는 도쿄대학 건축과를 졸업하고 박사과정까지 수료한 뒤 1960년 국회의사당 건축설계경기에 1등으로 당선하면서 한국으로 돌아왔다.

그처럼 둘도 없는 오누이 사이였던 동생에게 집을 지어달라고 했을

때 처음에는 거절당했다. 자신이 집을 지으면 반드시 비가 새고 불편하
니까 아파트나 다른 집을 얻으라고 했다. 재차 부탁했다. "불편을 멋으
로 알고 살 테니 네 마음대로 지어보라"고 했다. 그는 "동생이 누나를

생각하지는 않았다"고 했다. 창이 많아서 춥고 설계를 따르지 못하는 시공 때문에 아니나 다를까 비가 샜다. 가파른 원형 계단을 다람쥐처럼 오르내려야 했다. 그러나 힘든 줄 몰랐다. 90세가 되도록 여전히 그 계단을 오르내리는 게 건강을 유지하는 비결이라고 했다.

그는 계단참의 창턱에 말린 꽃과 과일을 놓았다. 늘 이 공간을 가꾼다. 현관에는 화병이 있다. 콩물에 들기름을 섞어 가구를 닦는다. 김수근의 마지막 가정건축인 이 집을 많은 사람이 바깥에서 구경한다. 집의 아름다움을 칭송하는 이도 많다. 그러나 그가 들었던 최고의 칭찬은 공사장 인부들이 지나가면서 "이 집, 참 잘 지었다"고 한 말이었다. "얼마나 고맙고 기쁘던지 얼른 나가서 차라도 한 잔 마시고 가라고 하고 싶었는데 그렇게 하지 못했다"고 아쉬워했다.

**김순자**

1928년 함경도 청진에서 태어났으며 이화여자대학교 미술과를 졸업했다. 1950년 박고석 화백과 결혼해 3남 1녀를 낳았다. 1964년 한국 최초로 미국 하와이와 워싱턴 D.C.에서 궁중의상패션쇼를 열었으며 1968년부터 1982년까지 워싱턴 D.C.에서 의상 디자인과 제작·코디네이션을 하는 '순자 박 디자인'을 운영했다.

# 6

# '철물점' 주인의 손 닿은 달동네,
# 달 떴네

▼

철물디자이너 최홍규와 '이화동 성곽마을'

## 성곽마을의 맥가이버

60여 년의 세월을 짊어진 채 해체될 날만 기다리던 동네가 다시 살아났다. 서울 종로구 이화동 성곽마을. 2층짜리 구식 연립주택 140여채가 모여 있는 곳이다. 고즈넉한 서울성곽이 둘러싼 동네는 첫발을 들이는 순간 별천지처럼 느껴진다. 지하철 혜화역에서 내려 벽화마을이란 표지판을 따라 경사진 길을 20분쯤 올라가면 낙산공원과 벽화마을이 나온다. 천사 날개가 그려진 벽과 꽃 계단을 지나 가파른 계단을 오르자 이화동 성곽마을이다.

성벽과 나란히 난 골목을 사이에 두고 카페, 박물관, 공방, 식당, 기념품 가게가 양쪽으로 모여 있다. 한국 관광안내서에 소개된 모양인지 내국인보다 외국인이 많다. 서울의 옛 모습이 남아 있으면서 시내가 한눈에 보이고 사진 찍을 장소도 많은 곳. 그동안 우리가 눈여겨보지 않았던 숨은 보물이다.

쇠락한 동네를 바꿔놓은 사람은 철물디자이너 최홍규(쇳대박물관장)다. 강하지만 불에 달구면 유연하게 모양이 바뀌는 쇠를 닮은 이다. 작업복 차림인 그는 가파른 계단을 부지런히 오르내린다. 이 동네에서 5년간 주민들과 부대끼는 사이에 뭐든 말끔히 고치는 맥가이버로 통하게 되었다. 그는 성곽마을의 폐가에 가까운 집 6채를 사들여 '이화마을박물관', '최가철물점', '개뿔' 등의 박물관, 공방, 카페로 바꿔놓았다. 그뿐만 아니라 예술가와 주민들에게 공방과 박물관, 가게를 열게 했다. 마을 전체가 오랜 역사를 간직한 박물관으로 바뀌면서 재개발지구 해제라는 결과까지 끌어내게 되었다.

이화동과 그의 인연은 길게는 쇳대박물관, 짧게는 벽화마을에서 비롯되었다. 그는 강남에서 잘 나가는 '최가철물점' 대표였다. 1970년대 중반 을지로 순평금속에 들어가 십수 년 철물 일을 배운 뒤 1988년 독립해 회사를 차렸고, 예술의전당 전화부스와 휴지통을 만들면서 디자인 감각을 인정받았다. 강남 개발붐을 타고 사업이 승승장구하는 동안 그는 인사동과 황학동을 뒤지면서 옛 철물을 모았다. 국내 최고의 철물 디자이너이자 철물 수집가가 되었다. 회사는 강남, 공장은 성수동에 있었지만 2003년 대학로 동숭동에 5,000여 점의 세계 자물쇠를 전시하는 쇳대박물관을 세웠다.

그런 그가 이화동에 눈을 뜬 것은 2006년 벽화마을 조성사업에 참여하면서부터다. 철물디자인을 맡아 벤치를 만들던 그는 달동네의 가치에 눈을 떴다. 작은 집과 좁은 골목, 오랫동안 살아온 이웃, 전선과 빨랫줄 사이로 보이는 도시 풍경. "타임머신을 타고 어린 시절로 돌아간 기

분"이 들었다. 세련된 새것들 천지인 강남에서는 느끼지 못한 푸근함이
었다. 2011년 낙산駱山 경사를 따라 지어진 영단營團주택 가운데 아래쪽
집 한 채를 샀다. 그러면서 좀더 위로 올라가 보았다. 집과 동네의 원형
이 많이 남아 있었다. 이곳을 살리는 실험에 도전했다.

## 쇠락한 동네에 꽃이 피다

이화동 영단주택의 역사는 1950년대로 거슬러 올라간다. 낙산 아래 동네에는 일제시대에도 서민들이 살았지만, 본격적인 개발은 해방 이후 환국한 이승만 대통령이 이화장에 거처를 정하면서 시작되었다. 대통령 사저 주변을 재정비하기 위해 대한주택영단(현재 한국토지주택공사)이 1954년부터 총 147채의 영단주택을 건립했다. 1층은 시멘트 블록, 2층은 목조로 지어 일본식 기와를 얹은 13평짜리 연립주택이었다. 2층에는 작은 테라스도 있어 요즘 각광받는 테라스하우스와 비슷한 모습이다.

건립 당시에는 상류층이 선호하는 최고의 주택지였으나 서울이 커지고 강남 아파트가 새로운 주택으로 각광받으면서 이 동네는 상대적으로 낙후한 지역으로 남았다. 1970년대부터 1990년대 초까지는 지대가 높아 집값이 싼 이곳에 가내 봉제공장들이 다닥다닥 들어섰다. 동대문 의류시장이 발전하면서 동대문 시장 주변인 창신동과 이화동이 의류 제조기지가 된 것이다. 그마저 1990년대 시작된 제조업 자동화와 중국 제조업 성장세에 밀려 점차 줄었다. 남은 공장들은 창신동으로 옮겨갔다.

2000년대 들어 문화지구로 지정되고 예술가들이 마을 계단과 건물

벽에 그림을 그리면서 이화동은 벽화마을로 불리기 시작했다. 유명세를 치르고 관광객이 많이 찾아왔으나 주민들의 생활은 나아지지 않았다. 외지인이 몰려와 동네가 시끄럽고 지저분해지자 벽화를 훼손하는 사건까지 일어났다. 서울시는 2008년 이곳을 주택재개발정비사업지구로 지정했다. 그러나 낙산성곽을 가린다는 이유로 5층 이상 건축물을 지을 수 없었다. 이 때문에 아무도 재개발에 나서지 않았다. 몇몇 집은 투기꾼들 차지가 되었지만, 대개 주민들은 싼 집값 때문에 다른 지역으로 옮기기 어려워 그저 세월을 기다렸다.

최홍규 관장은 처음에 경사진 영단주택 단지의 아래쪽 집을 한 채 사서 '수작'이란 이름의 봉제박물관으로 꾸몄다. 그때까지만 해도 "재개발될 때까지 몇 년간 동네를 즐기자"는 소박한 생각이었다. 그러다가 원형이 잘 보존된 집을 발견했다. 지금 '개뿔'이란 이름으로 와인 따개를 전시하면서 카페를 겸하는 곳이다. 성곽마을에서 가장 고지대에 있는 이 집 1층에는 방과 부엌으로 쓰던 3칸의 기역자 공간과 화장실이 있다. 화장실 문을 여니 벽이 돌담이다. 낙산성곽을 따라 도로를 내면서 쌓은 담에다 집을 붙여 지은 흔적이다. 실내 나무계단을 통해 2층으로 가면 다시 방이 나온다.

영단주택은 아랫집과 윗집의 벽이 붙은 합벽 방식으로 지어졌다. 1층

보다 2층의 단면적이 좁아 1층의 경사진 지붕이 그대로 드러난다. 그러나 주민들이 생활공간을 넓히려고 개축하는 과정에서 집 모양이 뭉툭해지는가 하면, 도로 개통으로 집이 잘려나가기도 했다. 고도가 높아질수록 집은 낡았지만 원형은 많이 남아 있었다. 최홍규 관장은 '수작'을 처분한 뒤 '개뿔'이 된 집을 시작으로 꼭대기 골목의 폐가를 하나씩 사들이기 시작했다.

골목 초입에는 '최가철물점'이 있다. 성수동에서 이화동으로 옮겨온 공장에서 7명의 직원이 각종 철물을 만든다. 철물점과 연결된 박물관인 '지붕 위의 장닭'은 전통 대장간에서 쓰던 용구를 전시하고 있다. 그 옆이 '이화마을박물관'이다. 파란 벽에 하얀 배꽃이 그려진 이 집은 이화동 역사가 담긴 주민들의 기증 물품과 자료를 전시해오다 서울시가 맞은편 빈집을 사들여 내줌으로써 박물관은 이사하고 민박으로 용도를 변경했다.

박물관 옆에는 주민들이 함께 가꾸는 마을텃밭이 있다. 텃밭은 마을박물관과 더불어 이화동 주민들의 협력을 보여주는 상징적 공간이다. 텃밭을 지나자 식당과 부엌박물관으로 꾸민 '배오개'가 나온다. 개방된 부엌이 있고 테이블 사이와 벽에는 철물로 된 주방 기구들이 전시되어 있다. 그 옆 건물은 '노박'이다. 다른 집보다 면적이 넓은 이곳은 회의

나 파티가 가능한 갤러리로 쓰인다. 그리고 마지막 집이 '개뿔'이다.

한편 '최가철물점' 맞은편 '풀무아치'는 '지붕 위의 장닭'보다 규모가 큰 대장간박물관으로 용도가 정해졌다. 다른 건물들이 수리 과정에서 너무 많이 원형을 잃어버린 것이 안타까워 이 집은 문과 창문, 벽까지 거의 손을 대지 않고 바닥과 보강공사만 했다. 벽에 아무렇게나 붙인 옛날 신문지가 정겹다.

마을 전체가 박물관인 이곳에는 최홍규 관장이 고친 집들뿐만 아니라 다채로운 공간이 자리 잡았다. 자동차와 인형이 전시된 개미 레스토랑, 낙산 아트스페이스와 소석 갤러리, 보자기 공방인 원류헌, 가죽과 퀼트 작업장인 손놀림, 칠보공예 공방인 갤러리 그미, 동네의 변화를 보여주는 사진자료가 전시된 목인헌 등이 있다. 1년마다 한 번 열리는 이화동 마을박물관 전시회가 순조롭게 진행된다. 굳이 예술 공간이 아니어도 마을 주민들이 운영하는 식당과 빵집, 카페가 골목 풍경을 다채롭게 만든다. 이 모든 것이 2011년부터 5년간 이루어진 일이다. 10년을 내다본 이화동 마을박물관 프로젝트는 이제 하드웨어를 갖추는 1단계를 지나 소프트웨어를 보강하는 2단계로 들어섰다.

## 동네를 만드는 장인

동네가 달라지면서 집값이 올랐다. 개발 초기에 1평당 1,000만 원이던 것이 2,000만 원으로 뛰었다고 한다. 발전 가능성을 보고 집을 사려는 사람도 늘었다. 원주민의 15퍼센트가 그사이 집을 팔고 떠났다. 그러나 동네가 좋아지면서 집세를 감당하지 못해 주민들이 떠나는 '젠트리피케이션' 현상은 일어나지 않았다. 워낙 작은 집들이어서 세입자 없이 대개 주인이 살고 있었기 때문이다. 집값이 올라 이익 본 사람은 있어도 손해 본 사람은 아직까지 없다.

이화동에는 주민협의회가 만들어져 동네 살리는 일을 논의하고 실천한다. 주민협의회의 역할, 주거와 비주거 공간에 대한 논의를 시작으로 집수리 지원제도, 건축물 가이드라인, 리모델링 활성화 구역 지정에 대한 논의를 이어갔다. 50여 명의 주민이 참여하는 협의회에서 최홍규 관장의 직책은 마스터 플래너다. 그의 계획은 동네 외양만 깔끔하고 예쁘게 바꾸는 데 그치지 않는다. 도로변 상업시설을 운영할 수 없는 주거지역 주민들도 변화의 수혜자가 되기를 바란다. 그래서 교육, 공방, 민박 등 다양한 방안을 모색하고 있다.

쇠를 다루던 장인인 그가 어떻게 동네를 만드는 장인이 되었을까? 그

는 '박물관인'으로서 갖게 된 사명을 든다. 철물을 만들다 보니 더 공부
하고 싶어서 철물을 모으게 되었고, 옛것의 가치에 눈뜨다 보니 이화동
이 보석처럼 보이더란다. 최가철물점이 인생 1막이었다면 첫대박물관은
인생 2막, 이화동 마을박물관은 인생 3막이다. 처음 5년간의 3막 1장

은 보람과 애환이 교차한 무대였다. 꿈이 현실이 되는 건 꿈꾸는 것처럼 쉽지 않다. 때때로 실의도 경험한 최홍규 관장은 "나와의 싸움에서만 이기면 된다"고 했다.

그는 자신이 꾸민 6개 공간을 묶어 패키지 관람권을 만들었다. 이화동 마을박물관이 떠난 집은 민박으로 변모했다. 레스토랑과 카페도 이제부터 본격적으로 손님을 맞는다. 고생도 그렇지만 지금까지 투자한 돈이 만만치 않았다. "나는 사업가"라며 "언젠가 수익을 낼 것"이라고 했다. 한 사업가이자 박물관인, 동네 사람의 꿈은 미래에 어떤 모습으로 결실을 맺을까? 600년 지난 서울성곽과 60년 지난 옛집들이 새로운 실험 결과를 지켜보고 있다.

**최홍규**

1957년 경기도 고양군의 최씨 집성촌에서 태어났다. 서울 을지로 순평금속에서 철물 일을 배운 뒤 1988년 강남금속을 설립했다가 최가철물점으로 이름을 바꾸었다. 2003년 쇳대박물관을 세웠으며 2011년부터 이화동 마을박물관 프로젝트를 추진하고 있다. 2011년 광주디자인비엔날레에서 '대장간전展'을 여는 등 국내 최고의 철물 디자이너로 꼽힌다.

⌂

제3장

예술이 태어나는 집

# 바람 소리 머물다 가는 집,
# 그녀의 노래도 깊어간다

▼

싱어송라이터 장필순의 '제주도 소길리 집'

## 느릿느릿 삶에서 흘러나오는 음악

여성 싱어송라이터 장필순은 2013년 11년의 침묵을 깨고 7번째 앨범을 냈다. 19세에 가수생활을 시작해 26세에 낸 1집 〈어느새〉부터 주목받았던 그는 2년 간격으로 꾸준히 신곡을 발표하며 1990년대 한국 포크계의 레전드가 되었다. 2007년 『경향신문』과 가슴네트워크가 뽑은 '한국 대중음악 100대 명반'에는 5집 〈나의 외로움이 널 부를 때〉(15위)와 6집 〈Soony 6〉(62위) 등 2개가 올랐다. 그런 그가 오랜만에 발표한 7번째 앨범도 '역시 장필순'이라는 찬사를 받았다. 이 앨범은 그가 2005년 제주도로 이주한 다음에 나온 것이다.

그 후로도 그의 노래는 쉼 없이 들려온다. 달라진 음악 환경에 대한 망설임도 있었지만, 네이버 온스테이지 플러스를 통해 2015년 3월부터 한두 달 간격으로 싱글 음원을 발표했다. 가수 이적이 장필순을 위해 만든 〈고사리 장마〉를 시작으로 〈그런 날에는〉, 〈집〉, 〈낡은 앞치마〉 같은 신곡(〈그런 날에는〉은 리메이크)이 나왔다. 자신이 과거에 불렀던 〈제비꽃〉, 〈햇빛〉, 〈풍선〉, 〈TV, 돼지, 벌레〉도 다시 불렀다. 저금하듯 한 곡씩 만들고 부른 노래들로 앨범을 만드는 새로운 시도다.

신곡들에는 '소길 ○화'라는 부제 겸 번호가 붙어 있다. 소길은 그

의 집이 있는 제주시 애월읍 소길리를 가리킨다. 가수 이효리와 뮤지션 이상순 커플이 살면서 유명해진 동네인데, 장필순은 제주도 열풍이 불기 전 일찌감치 윗동네에 자리 잡았다. 그의 음악과 인생의 동반자인 뮤지션 조동익과 함께였다. 멀리 바다가 보이는 중산간의 마당 넓은 집에서 제2의 음악인생이 시작되었다. 집은 자연, 이웃, 친구를 만나면서 음악적 영감을 얻는 안식처일 뿐 아니라 작업실이기도 하다. 책상에 놓인 맥 컴퓨터 한 대로 하우스레코딩을 한다.

"요즘은 근처에 공사차량 소음이 있어서 주로 깊은 밤에 노래를 불러요. 가장 좋은 소리가 날 때 부르죠. 노래하다 잘 안되면 세탁기 돌리고 와서 다시 부를 때도 있어요."(웃음)

전문 장비와 방음 장치를 갖춘 값비싼 녹음실에서는 결코 나올 수 없는 풍경이다. 자신이 부르고 싶을 때, 노래가 잘 나올 때 작업실 침대에 앉아 노래를 부른다. 음악은 두 사람을 포함해 주변 사람들이 만든다. 〈집〉은 조동익의 여동생 조동희가 작사하고 이웃 후배 이상순이 작곡했다. 〈낡은 앞치마〉는 장필순이 작사하고 오랜 동료인 박용준이 작곡했는데, 늘 후배들을 보살펴주던 가수 조동진의 부인에 대한 애틋한 마음을 담았다. 조동진은 조동익의 형이다.

"풀빛 이슬 냄새 새벽별들이 쉬어가는 곳 저기 날 부르는 조그만 대문 느린 그림자/거친 손끝에는 향기로운 그대의 멜로디 멀리 불어오는 바람의 노랠 가슴에 담네/음 이제는 잃을 것이 없어요 내 마음에 수많은 돌 던져대도 쓴웃음 하나 그리고 말걸/우리 어렸기에 무지개빛만을 쫓았지만 이제 곁에 있는 그대의 웃음으로 하루가 가네."(〈집〉)

이런 아름답고 서정적인 노랫말이 메마른 듯 무덤덤한, 그러나 동심과 설렘과 달관이 공존하는 장필순의 목소리를 타고 나오면서 따뜻한 위로를 건넨다. 편곡, 반주, 녹음, 편집은 모두 조동익의 몫이다. 서울에 있는 동료와 화상통화를 하면서 피아노 연주를 녹음해 파일로 주고받기도 한다. 때로 집을 방문한 후배들이 녹음에 참여한 적도 있다. 보컬과 여러 악기의 반주를 끝없이 배열하고 섞어보고 늘이거나 줄이면서 최상의 소리를 만들어낸다. 3집부터 함께 작업해온 두 사람의 음악은 느릿느릿 삶에서 흘러나오고 있었다.

### 노동이 열정을 낳다

작업실 벽이 빨간색이다. 직접 페인트를 발랐다. 거실은 초록색, 부엌은 흰색, 화장실은 노란색이다. 담쟁이덩굴이 양쪽 기둥을 감싼 대문 역시 노란색이다. 봄을 맞은 마당은 신록의 향연이다. 후박나무, 귤나

무, 낑깡나무, 배나무, 감나무, 사과나무가 자라고 있다. 상록수와 뒤섞인 새싹들, 검은 흙, 현무암, 돌에 낀 이끼들이 집에 생기를 불어넣었다.

이 집은 주인 외에 7마리 개의 보금자리이기도 하다. 오래 키워온 아롱이를 포함해 3마리를 서울에서 데려왔는데 2마리는 죽었다. 숲을 산책하다 콩이를, 시내에 나갔다가 카뮈를 주웠다. 천지 분간 없이 막 까부는 사내아이 같은 카뮈는 주인이건 손님이건 가리지 않고 무릎으로 뛰어 올라와서 비비고 핥는다. 마당에도 큰 개 4마리가 있다. 지인에게 선물받은 골든레트리버 개똥이가 유기견인 그레이트피레네 달래를 만나 냉이와 완두를 낳았다. 개똥이는 자유롭게 집 안팎을 어슬렁거리지만 달래와 냉이, 완두는 걸핏하면 밖으로 뒤쳐나가 마당에 묶어두었다.

이 집의 외관에서 가장 매력적인 부분은 너와처럼 얇은 나무판으로 집의 전면에 덧대어 만든 테라스다. 널찍한 공간에다 지붕과 창틀, 벽과 문까지 갖추었다. 손으로 켠 나무의 자연스러운 결이 아무렇게나 자란 듯한 마당의 나무, 식물들과 멋지게 어울린다. 제주도에 살려고 집을 보러 다니다가 이 집을 선택한 것은 넓은 마당 때문이었다. 300평의 땅 가운데 집이 차지한 공간은 얼마 되지 않는다. 그러나 지금 모습과는 전혀 달랐다. 마당은 골프연습용 잔디와 자동차를 세울 수 있는 시멘트 포장으로 나눠져 있었다. 또 지은 지 20년쯤 된 단층집은 붉은 내

화벽돌로 벽을 쌓고 옥상이 있는 평범한 모습이었다.

먼저 잔디와 시멘트를 벗기고 나무를 심었다. 채소를 키우는 텃밭, 개들의 방해를 받지 않고 목공일을 하는 공간도 울타리를 쳐서 마련했다. 정원과 접한 거실 앞에다 테라스를 만드는 작업은 적지 않은 시간과 노력이 필요했다. 아무것도 없던 집 주변의 벌목한 나무를 주워다가 얇게 켜서 크고 작은 널판을 만들고 문틀도 직접 짰다. 옥탑방에 목공소까지 마련한 목수 조동익의 솜씨는 집의 인상을 완전히 바꿔놓았다. 테라스를 만들 때 그는 정원에 서서 팔짱을 끼고 몇 시간씩 집을 뚫어지게 쳐다보았다. 마음속의 설계도를 그리는 과정이었다. 이를 본 이웃이 물었다. "그 집 아저씨는 뭘 그렇게 쳐다봐요?" 실현된 설계는 집을 이국적이면서도 소길리에 잘 어울리도록 만들었다.

마당에서 집 안으로 들어가려면 왼쪽 현관으로도, 오른쪽 부엌문으로도 들어갈 수 있다. 장방형의 내부 구조는 양끝에 작업실로 쓰는 큰 방과 부엌이 있고, 가운데 복도를 중심으로 양쪽에 거실과 방, 욕실을 배치한 일본식이다. 부엌은 고추, 상추, 가지, 토마토, 호박, 취나물, 참나물, 오가피, 머위 등을 키우는 텃밭과 가깝다. 폭우나 폭설이 내리면 며칠씩 발이 묶이는 변덕스러운 날씨 때문에 비상식량이 필요하다. 브로콜리, 양배추, 나물, 오징어 등 뭐든지 손질하거나 데쳐서 냉장고에

얼린다.

부엌에는 아기자기한 물건이 정말 많다. 그릇, 냄비, 주전자, 컵, 국자와 도마를 비롯한 주방 도구들이 선반과 벽에 가지런히 놓이거나 걸려 있다. 커피와 커피잔을 좋아하는 그에게 팬들이 보내준 선물도 많다. 얼핏 어지럽게 보이지만 세심하게 정리되었다는 점에서 정원 분위기와 비슷하다. 잎사귀와 잔가지를 떼어낸 나무 기둥에 친구들이 만들어준 헝겊 인형을 걸어놓은 거실, 리폼한 옷이 걸린 행거, 직접 만든 책꽂이, 작은 꽃수가 있는 얇은 커튼, 천장등 대신 켜놓은 아늑한 백열등 스탠드가 주인의 개성을 드러낸다.

이런 상태를 만들기까지 이사 와서부터 몇 년이 걸렸다. 만만치 않은 육체노동이었다. 그러나 집안일과 휴식이 이전과는 다른 열정을 만들어냈다. "음악에 대한 생각이 온화해졌다고 할까요. 나를 다독이는 음악을 할 수 있게 되었어요."

## 소길리의 방식

음악은 어릴 때부터 늘 곁에 있었다. 그의 음성은 변성기를 지나기 이전부터 탁성이었다. 목소리는 안 좋은데 음감은 너무 뛰어난 아이는 교회 성가대에서 계속 노래를 불렀다. 서울예술대학교 방송연예과에 들어간 다음, 친구와 함께 '소리 두울'이란 듀오를 만들어 대학축제나 언더그라운드 콘서트 무대에 올랐다. "1980년대 초반 조동진 선배 집에 여러 사람이 모여 있었어요. 이전까지 포크는 따라 부르는 노래였는데 그때부터 듣는 노래로 바뀐 거죠." 허스키한 목소리를 반전시켜 내향적이면서도 감성이 풍부한 개성적 창법을 만들었다.

솔로로 데뷔한 뒤 〈어느새〉(1989)를 시작으로 〈또 어딘가를 향할 때〉(1991), 〈이 도시는 언제나 외로워〉(1992), 〈하루〉(1995), 〈나의 외로움이 널 부를 때〉(1997), 〈Soony 6〉(2002)이 차례로 나왔다. 3집부터 작사, 4집부터 작곡에 참여한 그는 우리 대중가요계에 드문 여성 싱어송라이터이기도 하다. 그러나 2000년대 들어 보이는 것에만 집중하고 너무 빠르게 변하는 대중음악 시장에 회의를 느꼈다. 열심히 해도 즐겁지 않았다. 제주도에 올 때 그는 "서울에서 가장 먼 곳으로 떠나자"고 결심했다.

이주 초기에는 집을 손보고 새 생활에 적응하느라 음악을 생각할 틈이 없었다. 그래도 가끔 술 마시고 감정이 고조되면 마당에 나가 검푸른 하늘을 쳐다보면서 기타 치고 노래를 불렀다. "여기가 중산간이라서 나무가 꺾일 정도로 바람이 불어요. 잘 모를 때는 바람 불면 밖으로 나가 물건을 묶고 누르고 했어요. 그랬더니 동네 어른들이 '바람 그치면 나가라. 그러다가 사람까지 다친다'고 하시더라고요." 그의 음악에도 비슷한 일이 일어났다.

그는 마음의 여유를 찾았다. "과거에는 내 음악에 대한 고집이 강했고, 누가 뭐라고 하면 속상했던 것 같아요. 지금은 내가 좋으면 그걸로 만족해요. 나의 행복을 위해 음악을 하고, 그것을 통해 나와 비슷한 소수의 사람들과 공감할 수 있으면 합니다." 나와 비슷한 사람이 누구냐고 묻자 "정신적으로 굉장히 약하고 감정에 많이 휘둘리고 귀가 얇은 사람?"이란 답이 돌아온다. 산책을 하다가 바람이 불면 콧날이 시큰해진다고 한다. 그가 과거에도, 최근에도 리메이크한 조동진의 〈제비꽃〉에 나오는 "아주 작은 일에도 눈물이 나"라는 가사가 떠올랐다.

그는 음반시장의 변화 앞에서 자신의 환경을 바꾸었다. "옛날처럼 음반을 판매하고 그걸 기반으로 다음 음반을 준비하는 방식은 어려워졌어요. 이렇게 집에서 만드니까 그나마 음악을 계속할 수 있는 거죠."

CD 세대인 그는 물질성도, 완결성도 없는 것처럼 느껴지는 음원 작업이 어색했다. 재킷 디자인을 고르는 과정도, 가사를 적은 종이의 재질을 따지는 일도 사라졌다. 그러나 앨범마다 대표곡을 빼고 나머지는 묻혀버리는 관행이 달라졌다는 점에서 좋아졌다는 생각도 든다.

무엇보다 일상과 밀착된 작업 속에서 그가 추구하는 음악의 본질은 한층 또렷해졌다. "자기 가슴속에 아직 끌어낼 이야기가 남아 있고, 누구에게 들려주고 싶은 말이 있다면, 그리고 그 방법이 음악이라면 노래를 멈추지 마라." 덜 먹고 덜 입는 대신 자신의 환경에서 좋은 소리와 말로 음악을 만들어 행복을 느끼는 것, 그리고 그 음악으로 다른 이를 위로하는 것. 그것이 소길리의 방식이다.

**장필순**

1963년에 태어났다. 서울예술대학교 방송연예과에 재학 중이던 1982년 동기생인 김선희와 듀오 '소리 두울'을 결성해 활동하다가 1989년 1집 〈어느새〉로 솔로로 데뷔했다. 멜로디보다 이야기에 중심을 두고, 삶에서 나오는 음악을 추구한다. 개인 앨범 외에 〈겨레의 노래〉, 〈하나 옴니버스〉 등 음반에 참여했다. 5집 〈나의 외로움이 널 부를 때〉와 6집 〈Soony 6〉은 2007년 '한국 대중음악 100대 명반' 15위와 62위에 선정되었다.

# 2

# 아이들이 떠난 폐교에는
# '그림 아이들'이 산다

▼

화가 김차섭 · 김명희 부부의 '폐교 작업실'

## 나는 누구인가?

폐교의 첫인상은 무척 아담했다. 보통 폐교라고 하면 텅 빈 큰 건물을
상상하게 되지만, 화가 김차섭 · 김명희 부부가 살고 있는 강원도 춘천시
북산면 내평리 폐교는 교실 3개짜리 미니 폐교였다. 소양강댐이 만들어
지면서 마을이 수몰되고 주민 대부분이 떠났을 때 몇몇 남은 아이들을
위해 임시로 지은 학교였기 때문이다. 산기슭에 자리 잡은 교사校舍는 옛
날 운동장으로 쓰였던 평지에서 30여 개 작은 돌계단을 올라가야 닿
는다.

"어서 오세요." 부부가 현관 앞에서 반갑게 맞이했다. 현관문을 열자
거실이 된 교무실이다. 교장실은 침실이 되었고 교무실 한쪽은 부엌과
화장실로 개조했다. 교무실과 일자로 붙은 교실 3개는 부부 각자의 작
업실과 작품 보관 창고로 쓰인다. 복도 끝 작은 출입문은 아래 운동장
과 경사지고 굽은 길로 이어진다. 산골 아이들이 교실로 오가던 통로
다. 건물 뒤에는 작은 관사도 있지만 지금은 쓰이지 않는다. 산에서 내
려온 물이 고인 연못에 나무 그림자가 길게 드리워졌다.

여름의 초입, 이들은 뉴욕 맨해튼에서 춘천 내평리로 막 돌아온 참이
었다. 젊은 시절을 뉴욕에서 보낸 뒤 1990년 귀국해 폐교에 정착했지

만, 6년이 지난 뒤부터 겨울은 맨해튼 소호의 로프트에서 지내고 여름에는 내평리로 돌아온다. 귀국할 때 뉴욕 집을 처분하지 못한 게 발단이었으나 첨단 유행이 감각을 자극하는 맨해튼의 삶과 시간이 멈춘 듯 평화로운 내평리의 삶이 주는 변화의 리듬에 몸을 맡긴 결과이기도 하다. 산에서 내려온 노루가 오랜만에 인기척이 나는 창문을 물끄러미 바라보았다.

거실 벽에는 부부의 작품이 걸려 있다. 김명희는 칠판을 캔버스로 삼아 사실주의 회화를 그려왔다. 가로 3.6미터, 세로 1.2미터의 칠판에 오일파스텔로 그린 〈분수놀이〉 속에서는 미소가 해맑은 10여 명의 아이가 분수 사이를 뛰어다니며 여름을 만끽하고 있다. 추상화를 주로 해온 김차섭의 그림은 수묵화를 연상시키는 무채색 돌밭이다. 자연의 순환, 문명의 시작을 환기시키는 돌밭은 40년간 동판화, 유화 등으로 제작되면서 그의 시그니처signature가 되었다. 여행을 좋아하는 두 사람은 다른 한 벽에 커다란 세계지도를 붙여 놓았다.

거실문을 열자 복도가 나오고 첫 번째 교실이 김명희의 작업실이다. 미대 졸업 무렵에 그린 자화상부터 최근 칠판 그림까지 그의 궤적이 보인다. "젊을 때는 한국 화단이 온통 추상화였는데 별로 마음이 끌리지 않았어요. 폐교로 온 다음 겨울바람을 막으려고 칠판을 떼어 문을 가렸

는데 여기에 그림을 그리면 어떨까 싶은 생각이 들었어요." 그는 이곳
에 있었을 아이들을 상상했다. 누구나 어린 시절에 마음껏 그림을 그려
보고 싶던 칠판. 그 속에서 시간을 거슬러 모습을 드러낸 아이들이 마
음 깊은 곳으로 파고든다.

옆 교실은 김차섭의 작업실이다. '나는 누구인가', '세계의 질서는 무
엇인가'라는 근원적 질문을 던지고 그 답변을 그림으로 표현해왔다. 경

주에서 자라면서 유물과 유적, 문명에 대한 관심을 키운 그는 뉴욕 시절 자신의 정체성을 고민하다가 중앙아시아에서 한반도로 넘어온 스키타이족의 후예로 자기 자신을 규정했다. 세계지도 위의 자화상, 기마족이 전쟁에 나갈 때 말 위에서 마셨던 술잔인 마상배, 그것을 쥔 모양으로 구부린 손 등이 그런 탐구의 흔적이다.

## 작품이 아들이고 딸이다

결혼 40주년을 넘긴 부부의 인연이 흥미롭다. 서울대학교 미대 2학년생이던 김명희는 영화 서클에 가입했고 촬영에 필요한 장소를 물색하다가 대학 9년 선배인 김차섭의 화실로 찾아갔다. 그는 불과 27세에 파리비엔날레(1967) 출품 작가로 선정된 화제의 인물이었다. 그 후 곽훈·김구림 등과 함께 아방가르드 미술그룹 AG를 창립하고(1969) 상파울루비엔날레에 출품하는(1971) 등 활동이 활발했다. 김차섭은 '똑똑하고 질문이 많았던 여학생'으로 김명희를 기억했다.

두 사람이 다시 만난 것은 김차섭이 이화여자고등학교 미술교사로 재직하고 대학원생이던 김명희가 같은 학교 미술강사로 오면서다. 이때 김차섭은 유관순기념관의 역사화 〈The Moment of Action〉(1973)

을 제작했는데 김명희도 이 작업에 참여했다. 3·1운동으로 투옥된 유관순을 8명의 남자가 둘러싼 강렬한 그림이다. 작가의 삶을 결심한 김차섭은 뉴욕 프랫인스티튜트 대학원 과정에 입학하기 위해 1974년 미국으로 떠났고, 김명희도 이듬해 뉴욕행을 택했다.

김명희의 도미는 결혼이 아니라 자유로운 삶이 목적이었다. 그는 초대 한국은행 총재와 주영대사, 초대 경제기획원 장관 등을 지낸 김유택의 4남 3녀 중 막내딸이다. 아버지를 따라 초등학교 시절 일본과 영국에서 4년간 살기도 했다. 김차섭의 뒤를 이어 이화여자고등학교 미술교사로 일하던 그에게 주변에서 결혼하라는 권유가 많았다. 그러나 한국에서는 여자가 결혼하면 더는 아무것도 아닌 것이 되어버린다는 불안감이 컸다. "뉴욕에 도착하고는 드디어 자유로워졌구나 하는 마음이 들었다"고 한다.

동료 예술가로서 세 번째 인연이 닿은 김차섭과 김명희는 1976년 뉴욕시청에서 결혼식을 올렸다. 그러나 결혼식 다음 날 먹을 게 없을 정도로 가난한 출발이었다. 김명희는 일단 남편이 작업할 수 있도록 뒷바라지하다가 생활이 안정되면 자신도 다시 작가로 돌아가겠다고 결심했다. 그 무렵 김차섭의 '돌밭 그림'은 프랫인스티튜트의 윅 카이저<sup>Wick Kaiser</sup> 교수에게서 "빛과 그림자만으로 완벽한 질서를 표현했다"는 칭찬

을 받았고, 이를 섬세한 선으로 재현한 동판화 〈Between Infinities〉는
1976년 오듀본 아티스트 소사이어티의 신인상을 수상했다. 비슷한 동
판화 〈Triangle Between Infinities〉는 2012년 프랫인스튜티트가 설
립 125주년을 맞아 동문 예술가의 세계적 이미지 125점을 선정할 때
순수 미술작품으로는 유일하게 15위에 포함되었다.

"김차섭의 작품은 아들이고, 내 작품은 딸이니까 둘 다 사랑해주어야 한다고 생각했죠." 예술가 부부로서 꾸려온 조화로운 삶에는 김명희의 이런 지혜가 담겨 있다. 생활전선에 뛰어든 그는 번화가인 메디슨 애비뉴의 '피놀라'라는 패션숍을 인수했고, 이곳을 한국 실크제품과 함께 24번가와 42번가 사이에 몰려 있는 전 세계 디자이너들의 쇼룸에서 괜찮은 옷을 주문해 판매하는 편집매장으로 운영했다.

1979년부터 1989년까지 '피놀라'를 운영하면서 부부는 경제적 안정을 찾았고 미국과 유럽 여행도 마음껏 할 수 있었다. 김명희는 1983년부터 가게일을 하는 틈틈이 드로잉 작업을 했다. 목탄이나 연필이란 재료가 잠깐씩 작업하기에 유리했기 때문이다. 뉴욕에서 만난 어머니(박흥득)의 경기여자고등학교 동창인 김향안 여사(김환기 화백의 부인)가 작업을 격려하고 화랑과 연결해주기도 했다. 이렇게 해서 부부는 1987년 한국에서 나란히 전시회를 열어 도미 이후 처음으로 자신들의 존재를 알렸다. 지도 위의 말 그림과 자화상(김차섭), 목탄과 연필로 그린 풍경과 인물(김명희)이었다.

## 집은 각자 마음속에 있다

부부는 3년 뒤 한국으로 돌아왔다. 어느덧 중년인 데다 김차섭이 동판화 재료인 황산과 질산의 유독성 때문에 눈에 상이 2개 맺히는 증상으로 고통받던 시기였다. 작업실이 필요하고 이삿짐도 많아서 처음부터 폐교를 물색했다. 그때만 해도 한국에서는 폐교가 활용되지 않던 시절이지만 외국 사례를 앞서 접했기 때문이다. "독일 작가 안젤름 키퍼 Anselm Kiefer가 폐교에서 작업한 작품들로 런던에서 전시회를 했는데 우리가 그걸 보았어요. 일본 NHK에서 폐교를 문화 공간으로 활용한다는 내용을 방송하기도 했고요. 마침 이 폐교를 판다는 광고가 나온 걸 보고 구입했지요."

당시 내평리는 서울에서 차로 7시간 걸리는 오지였다. 이삿짐 트럭이 올라가지 못할 만큼 도로가 좁아서 불도저를 불러 마지막 3킬로미터를 넓혀야 했다. 새롭고도 친숙한 삶이 시작되었다. 뉴욕 신혼시절, 사무용 가구를 팔던 건물에 입주한 두 사람은 근처 공사장에서 나무를 얻어다가 부엌과 화장실을 만든 적이 있다. 유난히 높은 천장 때문에 겨울 추위에 시달렸던 경험도 비슷했다. 그러나 부부의 지리 감각은 특별한 데가 있다. "내평리는 한국의 정가운데"라고 하는데, 지도를 보면

진짜 그렇다.

김차섭은 오자마자 폐교 주변에 자작나무 60그루를 심었다. 경주 김씨 신라 흥덕왕 36대손인 그의 조상은 흉노족으로, 기원전 2000~1000년 흑해 연안에 살다가 기원전 200년 황허강 중류까지 진출했으며 그 후 한반도로 내려왔다고 추정된다. 줄기가 눈부시게 하얀 자작나무는 스키타이족이 살던 중앙아시아 텐산산맥과 시베리아, 강원도를 잇는 문명의 끈이다. 그가 경주에서 중·고등학교를 다닐 때 안압지나 황룡사 인근에서 수집해 평생 간직해온 와당과 토기는 거실의 세계지도 아래 전시되어 있다.

"저에게 내평리는 더욱 각별하죠. 칠판이라는 매체를 발견했으니까요." 김명희에게 폐교는 사업을 접고 예술에 몰두하게 해준 고마운 장소다. 이곳에 온 뒤 '왜 사는가'라는 의문에 부딪혔던 그는 그리운 얼굴을 하나씩 칠판으로 불러왔다. 폐교 아이들은 조금씩 자랐고 갓난아기가 되기도 했다. 남편이 정신적 고향으로 여기는 카자흐스탄, 우즈베키스탄 등 중앙아시아를 여행한 뒤에는 카레이스키의 초상을 그렸다. 하얀 캔버스의 회화가 그림자를 그려 빛을 드러낸다면, 검은 칠판 그림은 빛의 존재를 직접 표현한다.

인물과 함께 내평리 주변 풍경도 칠판 그림의 중요한 소재다. 칠판을

길게 세워 폐교의 연못을 그린 그림에는 실제 나무보다 물에 비친 나무 그림자가 강조되어 있다. 뉴욕에 머무느라 직접 보지 못하는 겨울과 봄 풍경인 점도 특이하다. "삶의 실체는 기억이니까요. 그래서 그림에서도 'reflection(거울에 비친 상 또는 반사)'을 강조합니다." 노마드로 살아온 그에게 집이 갖는 의미 역시 물리적 공간을 넘어선다. "마음이 약한 사람은 집을 그리워하고 마음이 강한 사람은 모든 곳이 집이라고 하고 깨달은 사람은 어느 곳도 집이 아니라고 한다는 말을 읽은 적이 있습니다. 집은 각자 마음속에 있는 게 아닐까요?"

### 김차섭 · 김명희

김차섭(1940년생)과 김명희(1949년생)는 서울대학교 회화과 선후배이며 이화여자고등학교 미술교사로 나란히 근무했다. 뉴욕 프랫인스티튜트로 유학을 떠나 1976년 결혼한 뒤 김차섭은 작업을 계속하고 김명희는 패션숍을 운영하다 생활이 안정되자 작가로 돌아왔다. 1990년 강원도 춘천시 북산면 내평리 폐교에 자리 잡은 두 사람은 양국을 오가며 작품 활동을 계속하고 있다. 공동 인터뷰집 『구비치며 합류하다』(청강문화산업대학교)를 펴냈다.

# 3

## 그가 빚은 집은
## 밝고 단순하고 소박하다

▼

조각가 최종태의 '연남동 작업실'

## '여성적인 것이 인류를 구원한다'

갖가지 조각상이 빼곡히 서 있는 작업실은 감탄과 환희를 불러일으킨다. 하나하나가 방문객을 따뜻하게 품어주는 듯하다. 오른손을 턱에 괸 채 묵상에 잠긴 수녀 같은 조각, 아기를 가슴에 감싸거나 높이 받쳐든 모자상, 한 치 틈도 없이 나란히 붙어 있는 쌍둥이 조각, 두 손을 모아 기도하는 인물상 등 사람 키를 넘지 않는 조각들이기에 더욱 친근하다.

조각가 최종태는 평생 소녀상과 여인상을 만들어온 인물 조각의 대가다. 『파우스트』에서 '여성적인 것이 인류를 구원한다'고 했던 괴테의 말처럼 그는 여성의 형상에서 가장 아름답고 완전한 인간, 나아가 신의 모습을 찾았다. 그에게 여성적인 것은 모성, 곧 사랑과 평화를 의미하는 게 아니었을까. 50여 년 인물만을 집요하게 추구하면서 누구의 얼굴도 아닌 모든 이의 얼굴이 된 그의 조각은 구상과 추상, 동양과 서양, 세속과 종교, 인간과 자연 등 일체의 경계를 넘나든다.

그는 기념비, 동상, 공공 조각과 거리를 두고 순수미술로서 조각만을 만들어왔다. 50대에 접어들면서 가톨릭 교회의 성상聖像을 만드는 일에 참여해 30여 년간 명동성당, 봉천동·대치동·연희동·돈암동 성당, 샬트르성바오로수녀회 명동 본원과 소래 피정의 집 등 수많은 교회와 수

도원의 작업을 맡았다. 젊을 때 소녀상을 만들다가 연륜이 쌓이면서 여인상이 된 그의 조각은 성모상으로 발전했다. 그러다 길상사 관세음보살상(2000)까지 이어지면서 가톨릭과 불교라는 종교를 넘어선 보편적 성상으로 완성되었다. 최근작 채색 목조각은 장승같은 느낌마저 준다.

그의 집은 그의 조각이 태어난 작업실이기도 하다. 1967년 이화여자대학교 조소과 교수로 부임하면서 서울 마포구 창천동·연남동 일대에 살기 시작했고, 서울대학교 교수(1970~1998)로 재직하면서도 이곳을 떠나지 않았다. 이사할 때마다 집의 절반은 작업실이었다. "처음 집에 만든 작업실이 3평이었는데 이걸 어떻게 채우나 싶었어요. 그런데 지금은 100평인 작업실이 모자라 작품 절반은 다른 창고로 옮겼으니 참, 일을 많이 한 거죠." 작업실을 따로 두고 오가는 시간이 아까워 늘 살림집과 작업실이 일치된 삶을 살았다.

과거 연남동은 조용한 주택가였으나 지금은 카페와 식당이 많아지면서 북적이고 있다. 옛날 집들도 대개 상업시설로 개조 또는 신축되었다. 그러나 최종태의 자택 겸 작업실은 1991년 지을 때 모습 그대로다. 앞마당에 심었던 10여 그루의 소나무가 자라면서 마당은 물론 담장 너머까지 넓은 가지를 펼친 게 세월을 실감하게 만든다. 원래 살던 집에다 이웃집까지 사들여 146평 부지에 지은 이 집은 건축가 김영섭(성균

관대학교 교수)이 설계했다. 건물을 바라보았을 때 왼쪽 1 · 2층은 살림집, 오른쪽 지하 1층과 지상 1 · 2층은 작업실이다. 작업실(119평)이 살림집(75평)보다 훨씬 넓다.

주인은 건축가에게 두 가지를 당부했다. 밝고 단순하고 소박할 것, 살림집과 작업실을 최단거리로 해줄 것. 첫째는 자신이 만드는 조각이 추구하는 목표이고, 둘째는 그런 조각을 만드는 데 필요한 조건이었다. 집은 유리창이 많고 크다. 작업실 지하 1층도 성큰가든<sup>sunken garden</sup>처럼 설계되어 유리창으로 희미한 빛이 들어온다. 실내는 2층 천장이 돔형인 것이 특이할 뿐 특별히 멋 부린 공간이 없다. 흰 벽과 나선형 나무계단, 마당 군데군데 세워져 유리창 밖으로 보이는 조각 때문에 작은 성당처럼 느껴진다. 살림집과 작업실의 거리도 진짜 가깝다. 독립적인 두 건물이 붙어 있고 층마다 연결된 형태인데, 살림집 문을 열고 나와 세 발짝만 걸으면 작업실이다.


### '동그라미 그리려다 무심코 그린 얼굴'


거실 바닥에 앉은 작가는 종이에 수도 없이 얼굴을 그린다. 평화롭다 못해 무심해 보이기까지 하는 얼굴들이다. "회고전(2015년 국립현대

미술관 과천관) 때문에 한동안 손을 놓았더니 그림이 잘 안 그려져요. 한 300장 그리니까 돌아오더군요." 먹, 수채, 파스텔로 그리는 그림은 한결같이 여인의 모습이다. 동그란 얼굴에 4개의 짧은 선으로 두 눈과 코, 입이 만들어진다. 그 고요한 단순함을 완성하고자 틈만 나면 수행하듯 그린다.

그림은 조각의 밑작업이 아니다. 조각보다 그림을 먼저 시작한 그는 아직까지 붓을 놓지 못한다. 파스텔화, 판화, 수채화 등 얼굴 그림만 따

로 모아서 전시회를 열기도 했다. 작업실 2층 전체를 차지한 선반에는
그동안 그린 그림 액자들이 쌓여 있다. 작업실 1층은 이 집의 가장 특
별한 공간인 조각들의 집이다. 주로 작업을 하는 지하 1층에는 다양한
크기와 모양의 칼과 망치, 목조각에 사용하는 은행나무 등 각종 재료
와 함께 그동안 만들었던 작품들의 석고 원형이 보관되어 있다. 이 많
은 그림과 조각의 얼굴은 하나로 수렴된다. 속기俗氣는 없으나 생기 있
는 얼굴. 노래가사처럼 '동그라미 그리려다 무심코 그린 얼굴'. 이런 형

상을 완성하기까지 어떤 길을 걸어왔을까.

대전사범학교를 나와 20대 초반에 초등학교 교사가 된 그는 1953년 『문화세계』라는 잡지에 실린 김종영의 조각 〈무명 정치수를 위한 모뉴망〉을 보고 깊은 감명을 받는다. 눈을 감고 왼쪽으로 고개를 떨군 인물상으로 국내 작가로는 처음 국제조각전에서 입상한 작품이다. 이듬해 서울대학교 조소과에 입학해 그를 스승으로 모시게 된다. 그에게서 자연을 보는 법, 형태를 구축하는 법, 역사를 해석하는 법을 배웠으나 서로의 길은 달랐다. 김종영이 일찍이 추상 조각으로 간 데 비해 최종태는 매우 단순해진 형태나마 구상을 고수했다. 젊은 날 그에게 각인된 또 다른 얼굴은 금동미륵보살 반가사유상이다. 조각에 대해 고민할 때마다 위안을 준 그 얼굴은 서양 기법을 배운 그가 현대미술의 조류에 휩쓸리지 않고 우리의 정신과 미감을 추구하는 데 길잡이 역할을 했다.

조각가 최종태의 존재를 세상에 드러낸 건 1970년 국전 추천작가상을 받은 소녀상 〈회향懷鄕〉이다. 두 손을 가슴에 모은 채 먼 곳을 응시하는 소녀의 단순한 선과 고요한 표정은 이후 나온 작품들의 씨앗을 품고 있다. "소녀의 모습에 자꾸 눈길이 갔어요. 왜 그랬는지는 나도 몰라요." 그것은 남성의 눈길이라기보다 엄마, 창조자의 눈길이다. 그는 "망치로 돌을 때리고 칼로 흙을 도려내는 조각가의 마음은 아기를 다루는 엄마와 같다"고 했다. 어떤 모델도 없이 자연스레 떠오르는 모습이기에 형태가 스스로 생명성을 발휘하도록 정성을 다해 돕는 게 조각가의 일이라 여겼다.

그러나 인물 조각을 고수하는 게 쉬운 일은 아니었다. 현대미술은 회화뿐 아니라 조각에서도 추상의 물결을 일으켰다. 인간이 사라진 시대를 살면서 인간을 빚는 작업은 외롭고 불안했다. 30대 후반을 지나면서 추상 조각으로 기울어지려는 자신을 가까스로 지탱했다. 그러다가 알베르토 자코메티Alberto Giacometti를 만났다. 앙상한 온몸에 짊어진 고통을 승화시키는 듯한 그의 인물 조각을 놓고 한 평론가가 '20세기의 성상'이라고 했을 때 큰 감명을 받았다.

그의 여인상은 종교와 만나면서 변화의 계기를 맞는다. 1958년 세례(요셉)를 받은 그는 1980년대 초반부터 장익 주교, 김수환 추기경과 교류하면서 성상을 만드는 일에 몰두한다. "여인상이 성모상이 되었는데 나에게는 성상이 바로 예술이었어요." 로마교황청은 1960년대부터 세속화한 건축 · 조각 · 회화를 다시 끌어들여 교회예술을 갱신하는 데 힘을 쏟았다. 종교와 예술이 분리되기는 한국도 마찬가지다. 삼국시대 불상은 성상인 동시에 미술품이었는데, 현대에는 종교 따로 예술 따로가 되었다. 더구나 외래종교인 가톨릭은 종교예술의 토착화의 사명까지 안고 있었다.

가톨릭 미술가로 불려온 그가 법정 스님의 의뢰로 길상사 관음상을 만든 건 뜻밖의 기쁜 일이었다. 왼손에 정병을 들고 머리에 화관을 쓴 모습은 분명 관세음보살이지만 그가 입은 옷은 영락없는 성모마리아다. 작품으로 종교간 화해와 소통을 이룬 것이다. 생전에 가까웠던 김수환 추기경과 법정 스님은 함께 흡족해했다. 그 작품을 만들고 15년이 지난 뒤 작가는 남양주의 봉선사에서 관음상을 만들어달라는 요청을 받고 다시 마음이 부풀었다.

## 산다는 것, 그린다는 것

"예술은 결국 사는 만큼만 됩니다. 제대로 된 삶을 사는 작가에게서 좋은 작품이 나오지요." 삶과 예술, 종교를 일치시키고자 노력하는 구도의 여정에서 혹독한 자기반성을 거두지 않았다. "초년엔 길이 안 보여 막막했다. 다음에는 길이 사방에 널려 있어 선택을 어렵게 했다. 예술은 손에 잡히지 않는 일이었다. 알 수도 없고 풀어나가는 공식이 있는 것도 아니고 그렇다고 어디다 물어서 될 일도 아니었다. 꿈만 구름처럼 부풀어 있었지 사방은 칠흑 같은 밤이었다. 그렇게 해서 시간은

가고 또 가고 했다. 어떤 날 아침 눈을 떴을 때 '아하! 조각이란 모르는 것이다!'라는 깨달음이 있었다."(『산다는 것 그린다는 것』)

그때가 50세였다. 모른다는 것을 알고서 조금씩 홀가분해졌고, 나중에 할아버지가 되어 손주가 장난감을 갖고 노는 걸 보면서 효율성이 없는 일에 열중하며 즐거워하는 게 진정한 예술임을 깨달았다. 대개 청춘이 그렇지만 그의 시대는 유독 암울했다. 유년기에는 일제강점기와 해방을, 청년기에는 6·25와 4·19, 5·16을 겪었다. 1980년대에는 사회적 불안을 납작하게 눌려 긴장감을 자아내는 얼굴로 표현하기도 했다. 그러나 그의 조각은 계속 어둠에서 밝음으로 나아갔다.

80대에 접어들면서 세상에 내놓은 채색 목조각들이 그렇다. 진달래색, 감색, 개나리색 등으로 삶의 환희를 빚어낸다. 왕관을 쓰고 예수를 치켜든 성모마리아의 얼굴은 홍조마저 띠고 있다. 종교적 인간으로서 경험한 빛의 순간들, 손주들이 안겨준 기쁨, 자연에서 얻은 위안이 작품에 녹아 있다. "멀쩡하니 앉아 깜박 나를 잊어버릴 때가 있다. 일할 때는 다른 내가 살고 있는 듯 현실을 잊어버린다. 지금 이 순간을 가장 확실하게 살 수 있는 나의 시간이다."(『산다는 것 그린다는 것』)

위엄 있는 소나무가 있는 앞마당과 달리, 뒷마당에는 작가가 가꾼 정원이 있다. 살구나무, 모과나무, 앵두나무, 벚나무, 인동초, 철쭉 등이 작업실의 조각처럼 좁은 땅에 옹기종기 모여 있다. 어느 해인가 모과나무 전체가 꽃으로 뒤덮이더니 열매가 너무 많이 열렸다. 그것들이 다 자라면 나무가 견뎌내지 못할 것 같아 솎아내고 싶은데 똑같이 생겨 솎아낼 재주가 없었다. 어느 날 모과 알이 수두룩하게 땅에 떨어졌고 그것이 여러 날 반복되었다. 자연의 섭리란 이처럼 무서웠다. 봄마다 그는 꽃을 기다리면서 자신의 조각이 자연을 닮아 완전함에 끝없이 도전하기를, 단맛이 극점에 이르기까지 충만해지기를 빌고 있다.

**최종태**

1932년 충남 대덕에서 태어나 대전사범학교를 거쳐 서울대학교 조소과를 졸업했다. 1970년부터 1998년까지 서울대학교 교수로 재직했으며 한국가톨릭미술가협회 회장, 김종영미술관 관장을 지냈다. 20차례가 넘는 개인전을 열었고 『최종태 교회 조각』 등 8권의 화집, 『산다는 것 그린다는 것』, 『형태를 찾아서』 등 7권의 수필집을 냈다. 서울대학교 명예교수이자, 대한민국예술원 회원이다.

# 그 집에서 배운
# 흙과 풀의 위안

▼

가든디자이너 오경아의 '정원학교'

## '엄마 인생이 꼭 저 안개 같다'

고대 그리스에는 요즘 식으로 말하면 3개의 유명 사립학교가 있었다. 플라톤이 세운 아카데미, 아리스토텔레스의 리시움, 에피쿠로스의 정원학교였다. 쾌락주의의 창시자인 에피쿠로스는 자신이 세운 학교에 키친가든을 만들어 이곳에서 매일 학생들과 식물을 키우고 흙을 돌보며 철학과 삶에 대한 이야기를 나누었다. 인간의 감정과 직관을 중시하며 참행복이 무엇인지를 고찰했던 에피쿠로스에게 정원이야말로 자연의 이치를 이해하는 배움의 장이었던 셈이다.

정원에서 제2의 삶을 시작한 가든디자이너 오경아에게도 흙과 식물은 무엇보다 따뜻한 위안이었다. 30대 후반에 찾아온 삶의 위기. 어머니와 아버지를 1년 간격으로 여의고 마음의 고통에 시달렸으며, 대학을 졸업하기 전부터 16년간 계속해온 방송작가 생활은 보람과 함께 극심한 마감 스트레스를 안겼다. 두 딸의 엄마로 집안일과 바깥일을 함께하면서 인생이 앞으로 어떻게 흘러갈지 막막한 시간들이었다. 일을 그만두기 위해서라도 한국을 떠나 유학을 가기로 결심했다.

그때 정원을 만났다. 경기도 일산 단독주택에 살던 그는 작가생활의 스트레스를 정원 일로 달랬다. 퇴근하면 집 안으로 들어오기도 전에 마

당에 가방을 놓고 풀을 뽑았다. 그러면 마음이 풀렸다. 거슬러 생각해 보니 그것은 아버지의 습관이기도 했다. 군인이던 아버지는 서울 홍은 동 단독주택에서 정원 가꾸기로 여가를 보냈다. 가지를 자르고 꽃을 돌보면서 자식들에게 "얼마나 예쁜지 보라"고 했다. 그런 경험이 결국 그를 정원으로 이끌었다.

오경아는 38세이던 2005년 두 딸을 데리고 영국 에식스대학으로 유학을 떠났다. 한국에서 불문학을 전공했기 때문에 3년제 학부 과정부터 다시 시작했다. 2년째에는 영국 왕립식물원인 큐가든의 인턴 정원

사로 일할 기회를 얻었다. 지도교수는 학부를 생략하고 대학원에 진학할 것을 권유했다. 그렇게 석사학위를 받고 박사과정을 수료하기까지 7년이 걸렸다. "영국에는 아침마다 안개가 뿌옇게 끼어요. 어느 날 차를 운전해 학교에 가다가 딸들에게 이렇게 말했죠. '엄마 인생이 꼭 저 안개 같다'고."

그러나 정원은 그에게 새로운 삶을 안내했다. "정원에서라면 노년이 좀더 풍요로울 것 같았다"는 당초 소박한 기대와 달리, 그의 등장을 계기로 가든디자인이라는 새로운 분야에 대한 대중의 관심이 높아졌다. 글솜씨가 뛰어난 그는 유학생활 중 『소박한 정원』, 『영국 정원 산책』을 펴냈다. 2012년 귀국한 뒤에는 『정원의 발견』, 『가든 디자인의 발견』, 『시골의 발견』을 잇따라 발표하면서 기쁨과 위안을 주는 정원의 중요성을 일깨웠다. 김해 클레이아크미술관에 한글정원을 조성하는 등 공공작업도 선보였다.

"조경과 가든디자인은 달라요. 조경landscape architecture은 글자 그대로 건축의 연장선상에서 정원을 조성하는 일이죠. 그러나 가든디자인은 개별 식물의 속성을 알아야 하고 어떤 식물이 서로 어울리는지 공부해야 하고 여기에 정원을 아름답게 꾸미는 예술적 요소까지 들어가요. 식물학과 디자인, 공예가 합쳐진 분야입니다."

## '흐린 날에는 잡초를 뽑지 마라'

그가 2015년 세운 '오경아의 정원학교'는 설악산 국립공원 입구인 강원도 속초시 중도문길의 오래된 마을에 있다. 도문道門은 사명대사가 설악산으로 도를 닦으러 들어갔던 곳이라는 유서 깊은 지명이다. 마을 입구에 자리 잡은 정원학교 철문을 열고 들어가자 파란 슬레이트 지붕을 얹은 오래된 한옥과 함께, 단정하고 아름다운 정원이 손님을 맞는다. 가든디자이너로서 꿈꿔왔던 공간이다.

앞마당에는 텃밭정원이 있다. 식재료인 채소와 관상용 식물을 함께 심는 게 텃밭정원이다. 허브와 상추, 보리가 네모반듯하게 구획된 정원에서 자란다. 한 종류만 심으면 해충의 공격에 약하기 때문에 여러 종류를 나란히 키운다. 예컨대 벌레를 많이 타는 겨자와 금잔화를 함께 심으면 금잔화향 때문에 벌레가 덜 생긴다. 식물 사이 간격을 넓게 잡지 않고 바짝 심는 것도 습기를 유지해 건강한 흙을 만드는 비결이다.

실용성과 아름다움을 동시에 추구하는 텃밭정원에서 향나무 종류인 주니퍼러스와 방향식물인 한련화가 개성을 부여한다. 식물 외에 장식물도 풍성하다. 양쪽 버드나무 가지를 가운데서 묶어 터널 모양으로 만든 윌로 캐빈willow cabin, 덩굴식물이 줄기를 감는 오벨리스크로 멋을 냈다.

집 바로 앞은 파티오<sup>patio</sup>(중정中庭) 구간이다. 집 안에서 내다볼 수 있
는 미니 화단에는 계절별로 다른 꽃이 핀다. 봄에는 튤립과 수선화가
지나가고 여름에는 헬레니움과 원추리가 나온다. 파티오와 텃밭정원
사이에 마련된 휴식 공간에는 좌우가 바뀐 기역자와 바로 선 기역자 모
양의 철제 조명이 마주 서 있다. 그 앞 낮은 벤치는 해질 녘 텃밭정원을

감상하기에 딱 알맞다.

담장과 접한 집의 옆면과 뒷면을 따라 여름정원, 자갈정원, 하얀정원이 차례로 펼쳐진다. 만물이 생생한 계절을 만끽할 수 있는 여름정원에는 장미와 포도나무, 보리수를 시작으로 해바라기와 칸나, 생강과 토란을 심었다. 담장 아래 펼쳐지는 자갈정원은 고산지대 식물을 심어야 하기 때문에 서늘하고 건조하다. 자갈을 깔고 물과 영양이 부족해도 자라는 알파인alpine 식물로 조성했다. 집 뒤 하얀정원은 백묘국, 흰줄무늬억새, 패스큐, 찔레꽃, 보리사초, 조팝나무, 라벤더, 무늬조팝나무 등 잎과 꽃에 흰색이 들어 있는 식물로 연출했다.

하얀정원 옆으로는 꽃을 찾아온 나비를 위한 나비집들이 서 있다. 이 집의 담장은 둥근돌을 접착제 없이 쌓아서 만든 것인데, 새로 만든 정원과 맞춤하게 어울린다. 조금씩 무너진 부분을 수리하려 했으나 돌담 쌓는 기술자가 사라져 할 수 없이 시멘트를 썼다고 주인은 아쉬워했다. 나머지 마당에는 작고 빽빽한 잔디를 심었다. 정원 가꾸기의 절반은 잡초와의 싸움이다. 일년생 잡초는 씨를 퍼트리기 전에 뽑아주고 뿌리가 깊은 다년생은 아예 없애는 건 불가능하므로 잔디에 맞춰 위만 잘라주는 게 원칙이라고 한다.

"사계절 아름다운 정원을 보려면 전해 가을부터 씨를 받고 거름을 준

비해야 해요. 어느 정원이든 제 모양을 갖추려면 최소한 1년은 걸립니다." 오경아는 정성껏 가꾼 정원에 학교를 열었다. 처음에는 12주 과정의 강의를 진행했으나 계속 참석하기 어려운 수강생이 많아 1박 2일 동안 핵심적 내용만 가르쳐주는 특강으로 바꾸었다. 그는 이론의 중요성을 강조한다. '흐린 날에는 잡초를 뽑지 마라' 등 식물을 키울 때 주의사항을 알려주면 대부분 수강생은 이렇게 말한다. "어머, 내가 다 해본 건데." 다른 일처럼 정원 가꾸기도 아는 만큼 편해진다.

### "워메, 이 집 경복궁 됐어"

그가 설악산에 살림집을 겸한 정원학교를 열기까지는 우여곡절이 많았다. 아내와 딸들의 유학생활을 뒷바라지하던 남편 임종기(문예창작과 교수)는 일산 단독주택을 팔고 전세로, 월세로 계속 집을 줄였다. 유학에서 돌아온 가족은 경기도 분당의 한 창고에 살았다. 주거용이 아니라 이웃의 민원이 생겼고 결국 아파트로 들어갔다. 그러나 정원을 이야기하면서 아파트에 산다는 게 모순처럼 느껴졌다. 처음에는 경기도 일대 집을 보러 다녔다. 그러다가 2013년 설계 일 때문에 들렀던 속초에서 이 집을 만났다. 3년째 비어 있어 마당의 잡초가 허리까지 자랐으나 한

눈에 쏙 들어왔다.

도문은 오래된 마을이지만 한옥은 모두
헐리고 이 집만 남았다. 대지 250평, 건물
22평으로 원래 100년 전 양양에 지었다가
이사 오면서 뜯어와 1970년경 다시 조립
한 집이다. 서까래와 기둥, 문틀의 목재는
여전히 튼튼했지만 흙벽은 거의 무너졌고
마당에는 소를 키우던 축사가 있었다. 취
미 삼아 배우던 목수 일이 전문가 수준에
이른 남편 임종기는 직접 개조공사를 맡아
1년간 집을 고쳤다. 한옥은 기역자 모양으
로 전면에는 방 3개가 나란히 있고 꺾이는
부분이 부엌, 앞쪽으로 나온 부분이 오경아
의 스튜디오다. 집 옆에는 남편이 목공 일
을 하는 작업장이 따로 있다. 부부는 축사
를 뜯고 정원 일에 필요한 용구를 보관하는
창고와 온실도 지었다.

"마을과 잘 어우러지는 집을 만들려고

했어요." 열심히 집을 손보았지만 외형은 크게 달라지지 않았다. 한옥 껍데기는 그대로이고 정원이 잘 정리된 정도로 보인다. 파란 슬레이트 지붕을 기와로 바꿀까 하다가 그대로 둔 것은 비용도 문제이지만, 그 역시 세월의 흔적이기 때문이다. 그래도 변화는 눈에 띈다. 이웃 할머니가 이 집을 들여다보고는 한마디 하신다. "워메, 이 집 경복궁 됐어."

자연과 더불어 사는 삶은 인간에게 원초적 행복을 준다. 오경아는 긴 유학생활을 마치고 한국으로 돌아오기 전, 영국 레이크 디스트릭트에서 보낸 2주일 휴가를 잊지 못한다. 영국 서북쪽에 있는 이곳은 30개가 넘는 산과 호수가 있으며 130년 전 전원의 삶이 그대로 유지된다.

짧지 않은 길을 돌아 중년에 설악산 아래 시골로 들어왔지만, 지속가능한 삶에 대해서는 여전히 고민이 많다. 정원학교가 아름다운 정원을 꿈꾸는 사람들에게 영감과 지혜를 주는 한편 자신과 가족에게 생활의 방편으로 존속해야 하기 때문이다. 1차(농업), 2차(가공), 3차(유통)를 합쳐 6차 산업으로 변모하는 유럽 농촌마을을 지켜본 그의 목표는 이곳을 정원문화종합센터로 만드는 것이다. 식물과 공예가 어우러진 정원에서 강의가 이루어지고 게스트하우스로 제공되며 정원용품을 전시·판매하는 공간을 꿈꾼다.

도시의 삶에 어울리는 정원을 제안하는 일도 그의 관심사다. "아파트에 살면서 마당 있는 집, 시골생활을 꿈꾸기보다는 자신의 공간에 조금이라도 식물과 자연을 끌어들이는 게 중요하잖아요." 거실에서는 선인장처럼 잎이 두툼한 다육식물을 키우고, 침실에는 약한 조도에서 잘 자라며 가습기 역할을 하는 관엽식물을 두라고 조언한다. 부엌에도, 화장실에도 어울리는 식물이 따로 있다. 문제는 식물을 생활에 끌어들이는 것. 정원은 우리 마음에서 시작되기 때문이다.

**오경아**

1967년 서울에서 태어났다. 성신여자대학교 불문과를 졸업하고 1989년부터 2005년까지 〈이종환·최유라의 지금은 라디오 시대〉 등 KBS 라디오 프로그램의 방송작가로 일했다. 영국 에식스대학에서 7년간 조경학과 정원 디자인을 공부한 뒤 2012년 귀국해 정원설계회사 오가든스를 설립해 가든디자이너로 활동하는 한편, 강원도 속초에 '오경아의 정원학교'를 열어 가든디자인을 가르치고 있다.

# 5

# 뜨거운 가마 앞 겸손한 기다림,
# 그렇게 그의 그릇에 삶이 담긴다

▼

사기장 신한균의 '신정희요'

## "도자기는 지옥을 통해 다시 태어난다"

경남 양산시 통도사 아래 사하촌에는 유명한 '신정희요'가 있다. 맥이 끊겼던 조선 사발을 처음 재현한 신정희 선생(1930~2007)이 1975년 이곳에 터를 잡고 가마를 지어 작품을 빚었다. 지금 주인은 그의 장남인 신한균 사기장이다. 경영학도로 서울에서 대학강사를 하던 그는 가업을 잇기 위해 1985년 이곳으로 다시 내려왔다. 그릇에 미쳐 전국을 떠도는 바람에 어렸을 때는 얼굴도 못 보던 아버지, 지금은 자신과 한 몸이라고 느낀다. 훌륭한 그릇을 빚겠다는 목표를 공유하기 때문이다.

"먼저 저희 아버지 묘소부터 가 보이소." 살림집 바로 뒤편 양지바른 땅이다. 2007년 아버지가 별세했을 때 밀려드는 조문객맞이에다 통도사에서 치러진 다비장까지 합쳐 7일장을 지낸 뒤 책과 찻사발이 조각된 돌 안에 모셨다. 인생은 한 권의 자서전을 쓰는 일이라는 뜻으로 책을 새겼다. 아버지의 평생이 담긴 사발에는 빗물이 찻물처럼 찰랑찰랑 고여 있다.

그가 다음으로 데려간 곳은 가마다. 화기가 잘 통하도록 계단식으로 만든 가마의 옆면에 그릇과 불을 들이는 입구가 있다. 맨 아래 정면으로 난 봉통(아궁이)에다 14시간 이상 장작을 때서 예열한 뒤 8칸에 차례로 장작불을 피워 1,200~1,350도까지 올린다. 1년에 서너 번, 사나흘간 가마를 덥혀 그릇을 굽는다. 가마 뒤에서는 한 번 불 땔 때 쓰는 분량의 국산 소나무들을 켜켜이 쌓아 말린다. 소나무는 타고 나면 숯의 부피가 확연히 작아진다. 그만큼 많은 공기구멍으로 불과 바람을 통과시킨다.

"도자기는 지옥을 통해 다시 태어난다, 누구 말인지 압니까? 폴 고갱입니다. 화가이기도 했지만 도예가였거든예. 우리는 천지인의 예술이라고 합니다. 천은 가마의 여신, 지는 흙, 인은 사기장입니다." 온도와 습도, 바람이라는 변수에다 흙과 유약 성분, 사기장의 불 지피는 실력까지 합쳐 도자기의 때깔을 만들어내는 장작가마는 변덕스럽다고 해서 여신으로 여긴다.

한편 태토胎土라고 불리는 흙은 도자기의 몸이라고 할 만큼 중요한데 신한균은 "좋은 흙이란 따로 없다"고 했다. 지방마다 흙이 다르기에 각각 흙의 본질을 찾아내 그에 맞게 유약과 불을 조절하는 게 그릇 만드는 이의 역할이라는 것이다. 보통 비 올 때 생긴 발자국 모양이 날씨가 갠 뒤에도 그대로 남아 있으면 좋은 흙으로 친다. 그만큼 찰기가 있다는 증거다. 신한균은 양산에서 나는 흙과 함께 전국에서 찾아낸 좋은 흙을 뒷산에 묻어두었다. 이와 함께 도자기의 피부인 유약은 돌가루와

수목재 이외에 나뭇잎이 썩어서 생긴 시커먼 흙인 약토藥土 등을 사용
한다.

"기능을 익히면 모양은 누구나 비슷하게 빚을 수 있어요. 문제는 때깔
인데요. 어떤 유약을 쓰느냐, 어떤 불과 온도에서 굽느냐에 따라 때깔이
달라집니다." 사기장은 장작을 붓 삼아 불을 조절하면서 도자기의 색상
과 문양을 만들어낸다. 전기나 가스가마를 쓰면 매끈하게 구워지는 데

비해 전통 장작가마는 실패 확률이 높지만 자연의 오묘한 조화로 뜻밖
의 좋은 결과를 얻기도 한다. 그가 전통 장작가마를 고집하는 이유다.

부자가 40년간 가꾼 '신정희요' 입구에는 연꽃밭이 있다. 땅 주인인
통도사에서 아버지를 위해 만들었다. 연잎과 개구리밥이 그득한 연못
너머로 왼쪽에 굴뚝이 높은 가마와 전시장이 보이고, 전시장 뒤가 작업
장과 창고, 오른쪽이 한옥으로 지은 살림집이다. 신한균과 제자 2명이
일하는 작업장에서는 물레를 돌려 그릇을 빚는다. 작업장 한쪽에는 인
문서 『우리 사발 이야기』, 장편소설 『신의 그릇』 등 도자사陶磁史 연구와
대중화를 위한 글쓰기를 계속해온 그의 서재가 있다.

## 조선다완을 찾아서

"아버지가 전통 조선 사발을 재현했는데 우리는 일본 사람을 따라 그걸 막사발이라고 불러왔어요. 우리 사발이 어떻게 일본으로 건너가 찻사발로 쓰이고 국보가 되었는지, 왜 그것이 '이도다완井戸茶碗'으로 불리게 되었는지 이론적으로 체계화하는 게 제 의무라고 생각했습니다."

임진왜란 이후 명맥이 끊어진 조선 사발을 400년 만에 재현하기까지 아버지는 파란만장한 삶을 살았다. 경남 사천이 고향인 신정희는 어릴 때 가마터에서 주운 사금파리 조각에 관심을 가지면서 골동세계에 입문했다. 6·25전쟁 이후 골동행상으로 전국을 떠돌며 가마터의 사금파리 조각을 수집했다. 어느 날 부산 골동상에서 만난 일본인이 조선 사발에 관한 책을 내밀며 "왜 지금 조선에서는 이런 사발을 만드는 사람이 없느냐"고 한 데 충격을 받고 직접 사발을 만들기로 결심했다.

당시 남아 있던 가마는 질 낮은 사기그릇과 장독, 요강을 굽는 정도였다. 안목은 있으나 기술자는 아니었던 그는 경북 청송에서 옛 가마를 고쳐 도자기 빚는 일을 시작했고, 충북 단양을 거쳐 1969년 경북 문경으로 간 뒤 1970년대 초반 전통 사발 복원에 성공했다. 도요토미 히데요시를 열광시키며 임진왜란 이후 대거 일본으로 넘어가 '고려다완'으

로 불리면서 국보나 중요문화재(보물)로 지정된 전통 사발에 가까운 작품이 만들어졌다.

그러나 아버지조차 이를 막사발이라고 불렀다. 그 근거는 야나기 무네요시柳宗悅의 이론에 근거한다. "아주 평범한 물건이다. 이것은 조선의 밥사발이다. 그것도 가난뱅이가 예사로 사용하는 밥사발이다. 그 더러운 조선의 잡기에서 미를 발견하여 천하의 명물로 승화시킨 우리 일본인들의 심미안은 위대하다." 고려다완 가운데서도 국보에 오른 '대大 이도다완'에 대해 야나기 무네요시가 쓴 글이다. 상인 출신으로 다도의 원조가 된 센 리큐千利休가 조선 밥사발을 가져다 찻사발로 쓴 이후 다인과 상류계층이 조선 사발을 선호했는데, 이는 일본인 특유의 미의식 덕분이라는 것이다.

신한균은 1994년 찻사발의 황제로 불리는 대이도다완을 교토 다이토쿠사大德寺의 암자인 고호안孤篷庵에서 처음 본 뒤 자료 수집과 연구를 시작했다. 그리고 이 사발이 보통 쓰는 밥사발이 아니라 진주부에서 만든 민가의 제기용 멧사발(메는 밥의 제사 용어)이며, 고급스럽게 만든 제기는 신줏단지처럼 여겨지다 폐기되기 때문에 그만큼 구하기 어려웠다는 이론적 연결고리를 찾아냈다.

나아가 국보 사발과 같은 종류로 가장 귀하게 여겨온 '이도다완'에서

'이도井戸'란 말의 유래도 밝혔다. 일본 대화국大和国 영주였던 이도 와카사노카미井戸若狭守가 임진왜란 이전에 조선 사발을 구해 상급자인 쓰쓰이 준케에게 바치고 그가 다시 도요토미 히데요시에게 상납했으며, 그 아들이 임진왜란 때 같은 종류의 사발 10개를 구해서 다시 도요토미 히데요시에게 5개, 도쿠가와 이에야스에게 5개 상납했다는 기록이 있다. 이들의 성이 사발의 분류명이 된 것이다.

"이도다완도, 고려다완도 아니고 조선다완 혹은 황도黃陶다완이라고 불러야 한다는 게 제 주장입니다. 이 사발은 백자이지만 제기인 유기와 비슷한 노란색을 띠고 있지요." 조선 그릇이 백자로 통일되기 이전인 16~17세기 각 지방의 독특한 개성을 담아 만들었던 전통 사발은 임진왜란 이후 맥이 끊겼다. 그 후 일제강점기에 공장에서 대량생산된 왜倭사기가 오지 마을에서 싸게 만든 상常사기(막사발)와 공존하다 근대화 이후 사라졌다.

신한균은 이런 사발의 왜곡된 역사와 함께 조선 사기장을 납치하라는 도요토미 히데요시의 1호 칙령에 따라 임진왜란 당시 일본으로 끌려간 사기장들의 활약을 연구해 인문서 『우리 사발 이야기』, 장편소설 『신의 그릇』을 펴냈다. 일본에서도 『고려다완』, 『이도다완의 수수께끼』 등의 책이 나왔으며 『신의 그릇』이 번역되기도 했다. "우리는 여전히 일본인의 도자 미학으로 우리 도자기를 본다"면서 '도자기로 책을 빚는 일'을 멈추지 않는다.

## 도자기는 '쓰는 예술'이다

그의 전시장에는 사발을 비롯해 다기, 접시와 보시기, 대발, 항아리 등 각종 그릇이 쌓여 있다. 사발에 대한 애정은 말할 것도 없지만, 그가 마음을 빼앗긴 또 다른 그릇은 달항아리다. 우아하면서도 소박한 선이 어머니의 품처럼 따뜻하고 푸근한 느낌을 주기 때문이다. "한국 여인의 풍성한 치마를 닮은 유려한 곡선이 보는 사람의 마음까지 편하게 만들지요." 달항아리에서도 중요한 것은 느낌을 전달하는 은근하면서 매력적인 때깔이다. 부피가 큰 달항아리는 한 번 가마에 구울 때 36개를 넣어서 5개만 건져도 대성공이다.

신한균의 작품은 따로 판로가 없다. 큰 작품은 대개 전시회에서 팔리고 식기나 찻잔 등 생활용기는 고객들이 양산까지 직접 찾아와서 구입하는 수고를 아끼지 않는다. 그는 1989년 일본 도큐백화점 미술화랑에서 첫 전시를 가진 이후 거의 매년 초대전을 열었는데 80퍼센트 이상이 일본 전시였다. 미쓰코시백화점, 마쓰야백화점, NHK TV, 니혼TV,

신세계 갤러리, 롯데 갤러리 등이 전시를 주최했다. 그가 1997년 함경도 회령 도자기를 재현했을 때는 일본 NHK가 작업의 전 과정을 중계할 정도였다. "일본은 백화점과 언론사가 생활문화를 주도한다"고 전했다.

우리 전통 사발이 일본에서 다도와 결합해 인기를 얻고 다시 한국에 전해지면서 국내에서도 '예술 그릇=다기'라는 인식이 팽배하다. 그러나 다도가 종주국 일본에서조차 입식문화와 커피에 밀려 쇠퇴하는 요즘, 신한균은 도자기를 음식문화의 질적 향상과 결합시켜야 한다는 생각을 갖고 있다. "그림이 보는 예술이라면 도자기는 쓰는 예술입니다. 저는 도자기를 신비화하는 데 반대합니다. 쓰지 않고 모셔두려면 뭐하려고 비싼 그릇을 삽니까. 사발과 보시기에 밥과 반찬을 담고, 달항아리에 꽃도 꽂아야지요."

그가 작가 박영봉와 함께 『로산진 평전』(2015)을 펴낸 데는 이런 뜻도 있다. 기타오지 로산진北大路魯山人(1883~1959)은 '그릇은 요리의 기모노'라고 주장하면서 요리와 그릇의 완벽한 조화를 통해 현대 일본요리를 예술의 반열에 올려놓았다. 1990년대 중반 교토의 고급 요정에 갔다가 로산진의 그릇을 만난 뒤 그의 요리와 도예, 삶에 대한 자료를 모아온 신한균은 "'먹방'에 그칠 게 아니라 요리의 종착역인 차림멋으로 나아가야 한다"고 말했다.

연구 쪽으로는 도예백과사전을 준비하고 있다. 우리 도자기 관련 용어는 아직도 일제의 잔재에 머물러 있다. 사기장이 일본식 표현인 도공이 되었고 사기그릇은 자기로, 사금파리는 도편으로, 가마는 요로 불러야 유식하게 보인다. 동이, 귀때동이, 보시기, 옴파리, 멍텅구리 등 정겨운 이름들을 되찾는 게 그의 꿈이다.

그의 가마 뒤에는 부처가 설법하던 인도 영취산의 모습과 비슷하다는 영축산이 있다. 통도사라는 이름도 인도와 통한다는 뜻이다. 서둘러서도, 교만해서도 빚을 수 없다는 도자기의 산실로는 천하 명당이다.

## 신한균

1960년 경남 사천에서 조선 사발을 최초로 재현한 신정희 선생의 장남으로 태어났다. 1984년 연세대학교 경영대학원에서 석사학위를 받았다. 1989년 일본 도큐백화점 미술화랑에서 첫 전시회를 연 이후 매년 한 · 일 양국에서 초대전을 열고 있다. 1997년 함경도 회령 도자기를 국내 최초로 재현했으며, 경남 양산 신정희요에서 작품을 만들면서 도자사 연구와 강연, 집필을 계속하고 있다.

# 6

# 한 뼘 무대 위에 단 한 명의 배우,
# 온 세상을 펼친다

▼

배우 심철종의 '한평극장'

## 세상에서 제일 작은 극장

서울 한복판 주상복합 아파트 철문 옆에 '세상에서 제일 작은 한평극장'이란 작은 팻말이 내걸렸다. 가구나 살림이 일절 없는 거실에는 하얀 광목천이 양쪽 벽과 천장 사이에 세 겹으로 드리워졌다. 오후 7시 30분 공연 시간이 다가오자 아직 석양이 남아 있는 창문에도 검은 장막이 내려왔고, 원통형 스탠드의 불이 켜졌다. 검정 바지에 하얀 티셔츠와 남방을 입고 목에는 노동자처럼 수건을 두른 배우 심철종이 일인극 〈죽느냐 사느냐 그것이 문제로다〉의 공연 준비를 마쳤다.

문을 열고 들어오는 사람들을 그는 "어서 오세요"라며 반갑게 맞이한다. 관객들은 어색함과 기대로 실내를 두리번거린다. 이들이 방석에 앉자 배우는 네 가지 색깔의 리본을 골라 손목에 묶어주면서 "이 끈이 풀리는 순간 행운이 찾아옵니다"라고 말한다. 그리고 헤드폰과 안대를 나눠준다. 이어 시작된 연극. 이웃처럼 행동하던 심철종은 갑자기 35년차 배우가 된다. 굳은 표정으로 꿇어앉아 바닥에 놓인 해골을 보면서 치매에 걸린 엄마를 다그치기 시작한다.

"엄마, 다른 건 다 잊어버려도 숫자는 잊어버리면 안 돼. 9번 버스 타고 전철 1호선 타고 덕수궁 앞에 와서 철종아 나 데리러 와라 하면 되

잖아. 내가 누군지 알아? 그렇게 예뻐하던 큰아들이야. 이 바보 같은 엄마야, 다 잊어버려도 되는데 숫자는 안 되는 거야. 따라해봐, 하나 둘 셋 넷."

그 독백 속에서 남자의 과거가 하나씩 드러난다. 빨간 태양과 파란 바다, 그 앞에 서 있던 꼬마, 초등학교 때 크레파스를 안 가져가서 선생님에게 혼나던 일, 그림만 그린다고 화내는 아버지 앞에서 자신을 지켜주려 애쓰던 엄마의 눈빛, 도쿄 여행에서 저녁 메뉴를 놓고 아버지와 다투던 기억, 7년 전 죽은 아버지, 그 아버지를 따라나선 듯 기억을 놓은 어머니. 남자는 마침내 "나는 햄릿이었다"고 외치고, "돌아가신 아버지의 관 위에서 어머니는 외간남자와 교미를 한다"는 대사를 수없이 반복한다. 스스로 비추는 조명 속에서 민머리 심철종의 부릅뜬 눈은 그로테스크하게 관객을 직시한다.

이어 요한 파헬벨의 〈캐논〉이 부드럽게 흘러나오면서 주제는 사랑으로 넘어갔다. 나눠준 헤드폰을 끼자 레너드 코헨이 굵은 저음으로 부르는 〈Famous Blue Raincoat〉가 들리는데 배우의 읊조림이 노래 사이로 끼어든다. "나 없이 한순간도 살 수 없던 그녀는 어디서 무엇을 하고 있을까. 사랑은 스쳐 지나가는 것이구나. 함께 죽음을 맞이할 수 없는 것이구나."

마지막 장은 안대를 끼고 듣는 죽음의 드라마다. "죽음이란 뭘까. 도대체 뭘까. 배고플 때 혀끝에 닿는 짭짜름한 라면 맛을 느낄 수 없는 것이로구나. 덕수궁 돌담 앞에 기대서서 활짝 핀 장미를 바라보면서 저 가시에 찔리면 아프겠구나 생각할 수 없는 것이로구나. 미워할 수도 그리워할 수도 없는 것이로구나. 그렇게 사라져가는 것이로구나." 〈Over the Rainbow〉의 선율 속 마지막 대사. "당신들은 죽음 이후에 뭐가 되고 싶으세요? 나는 파란 하늘이 되고 싶어요."

한 시간 공연이 막을 내린 뒤 실내는 침묵. 삶과 사랑, 죽음까지 한 시간에 압축시킨 연극 속에서 각자의 몫이 주마등처럼 스쳐갔기 때문이다. 50대 관객 정석규는 "배우가 반복해서 들려주는 대사 속으로 빨려 들어 가는 특별한 경험이었다"고 말했다. 다시 이웃으로 돌아온 배우는 "연극 보느라 수고하셨다"면서 주방에서 생수를 내왔다.

## 날마다 혁명을 하는 남자

2012년 5월 '광화문시대'라는 오피스텔에서 시작된 한평극장은 '경희궁의 아침'을 거쳐 '대우아파트'로 옮겨오면서 계속 이어지고 있다. 심철종이 극작, 연출, 무대, 조명까지 모든 역할을 맡는 연극 레퍼토리

는 처음부터 지금까지 〈죽느냐 사느냐 그것이 문제로다〉한 편이다. 많게는 25명, 적게는 1명의 관객 앞에서 200번 넘게 공연했다. 지겹지 않으냐고 묻자 "전혀 지겹지 않다. 나는 한평극장에서 이 연극만 할 것이다"라고 했다. 연극을 본 뒤 그 말을 이해했다. 그것은 자신의 삶이 담긴 연극, 관객의 삶이 담길 수 있는 연극, 즉 궁극의 연극이기 때문이다.

한평극장 이전, 그는 홍대 앞 명물이던 씨어터제로 극장을 운영했다. 1998년 주차장거리에 문을 연 씨어터제로는 연극, 무용, 음악, 굿, 마임, 퍼포먼스 등 실험성 강한 복합공연을 선보이면서 홍대 앞이 젊음과 실험, 서브컬처의 상징이 되기까지 큰 몫을 했다. 그와 동료들은 상여를 들고 거리를 활보하거나 자동차를 때려부수는 아방가르드한 작품으로 한국 공연사의 한 페이지를 장식했다. 극장 옥상 난간에 진짜 사람처럼 우두커니 앉아 있던 조각은 예술이 고독한 인간의 몸짓임을 웅변했다.

그런데 건물주가 바뀌고 재건축에 들어가면서 2004년 문을 닫게 되었다. 건물을 인수한 KT&G는 복합문화공간 상상마당을 개관했으나 원조인 씨어터제로의 자리는 없었다. 심철종의 노력과 많은 문화예술인의 동조 아래 KT&G의 지원을 받아 홍대 앞 놀이터 인근 건물에 2008년 다시 극장을 열었다가 2011년 또 폐관했다. 계속 쌓이는 적자를 감당하기 힘든 데다 심한 간경화로 인해 자칫 시한부 인생이 될 수도 있다는 선고를 받았기 때문이다. 그는 술과 소금을 끊고 단순한 삶을 시작했다. 늙으면 하려던 한평극장을 계획보다 일찍 50대 초반에 열었다.

"무대에서 공연하려면 여러 사람이 필요해요. 조명을 맡은 사람이 사정이 생겨 못 오잖아요. 그럼 누군가 대신하지만 너무 힘이 들죠. 한평극장은 제가 혼자 다 하니까 참 편하고 좋아요."

씨어터제로 시절은 연출가, 배우뿐 아니라 기획, 제작까지 감당하면서 하고 싶은 공연을 마음껏 선보였다. "나는 거리와 무대를 뒤집는 일에 허기져 있다. 미치고 싶다. 울고 웃고 분노하고 때때로 감동받는 것이 나의 일상이건만 내 맘대로 지랄을 못해서 열병이 날 지경이다. 이제 뭇 영혼을 흔들기 위한 무대를 만들어나갈 것이다." 그는 에세이 『나는 날마다 혁명을 한다』(2002)에서 당시 격정을 이렇게 토로했다. 하지만 고통도 컸다. 20여 명 단원에게 급여를 주느라 늘 전전긍긍했다. "지금 생각해보면 한창 나이에 극장 운영에 많은 에너지를 쏟았던 게 아깝다"고 회고했다.

극장 문은 닫았지만 연기는 놓지 않았다. 나이 든 배우를 원하는 무대가 없는 현실을 타개하기 위해 자신만의 극장을 만들었다. "배우라는 본질을 지키는 것. 공연하면 기가 모이는 느낌"이라며 수행하는 것처럼 일인극을 이어왔다. 도시를 사랑하는 그는 광화문과 삼청동, 명동, 서촌을 자전거로 오가면서 운동하고 사람 만나고 문화생활을 즐긴다. 그러나 공연날은 외출을 삼가고 말을 아끼면서 조용히 무대를 준비한다. 요리하기를 좋아해 관객들에게 간단한 식음료를 제공하는 방법도 궁리 중이다.

수많은 사람과의 관계를 유지하던 씨어터제로 시절에 하지 못했던 일도 한평극장에서 이루었다. 1980년대부터 거리 퍼포먼스를 선보였던 그의 최종 목표는 멋진 야외극을 남기는 것이다. 자연이라는 열린 무대에서 언어와 격식을 벗어나 춤과 음악이 빚어내는 원초적 예술을 누릴 수 있기 때문이다. 연출가로서 그는 오랫동안 100명의 남자배우가 등장하는 야외극 〈100인의 햄릿〉을 꿈꿔오다가 2013년 7월 거창 국제연극제 개막작으로 초연했다. 공연에 앞서 핵심배우 30명이 서울 광화문광장에서 퍼포먼스를 선보이기도 했다. 2016년 4월에는 울산 반구대 암각화 앞에서 야외극 〈반구대〉를 초연했다. 다음 목표는 100명의 여자배우가 등장하는 〈100인의 오필리어〉를 만드는 것이다. 이처럼 제일 작은 극장과 제일 큰 극장을 오갈 수 있는 건 "한평극장에서 본질을 지킨 덕분"이다.

## 나는 햄릿이다

"모든 남자는 햄릿이고 모든 여자는 오필리어다"라고 생각하는 심철종은 햄릿으로 살아왔다. 배우로서 그의 대표작은 하이너 뮐러 원작, 채승훈(수원대학교 교수) 연출의 〈햄릿머신〉이다. 1993년 초연 이후 2012년 폴란드 바르샤바 공연까지 20년간 국내외에서 지속해온 레퍼토리다. 일인극 〈죽느냐 사느냐 그것이 문제로다〉 역시 햄릿 대사에서 따온 제목이다. 햄릿이 그토록 공감을 주는 것은 이상과 현실의 경계에서 고뇌하는 인간, 누구에게도 의지하지 않은 채 자신의 존재를 질문하는 단독자이기 때문이다.

어머니의 진실을 알기 위해 연극 무대를 꾸미는 햄릿처럼 심철종에게도 연극은 삶의 시험대였다. 말수가 적고 내성적이던 그는 선배 손에 이끌려 1982년 현대극단에 입단하고 1983년 국립극장 3기 연수생으로 연기·노래·춤 등 본격적인 훈련을 받는다. 그러나 정극 무대는 그에게 맞지 않았다. 뉴욕에서 유학하고 갓 돌아온 김수남 청주대학교 교수를 만나면서 실험예술로 기울어진 그는 민주화 시위가 한창이던 거리에서 형식과 위계에 저항하는 퍼포먼스를 벌였다.

직접 연출하고 출연한 〈원시인이 되기 위한 벙어리 몸짓〉(1986)에 이

어 〈심철종 몸짓 개〉(1989)를 발표하면서 화제가 되었다. 넥타이 매고 양복 입은 남자가 개줄에 목이 묶인 채 헐떡이며 울부짖는 모습이 페이소스를 자아냈다. 국내보다 일본 공연계가 더욱 그를 인정하고 지지했다. 〈8촌광산 진혼굿〉이 1990년 후쿠시마 실험예술제에 초청된 것을 시작으로 도쿄국제실험예술제, 도쿄국제연극제, 후지노페스티벌, 젊은 연출가페스티벌에 〈탈각〉, 〈엘리판트맨〉, 〈물과 불〉, 〈슈가〉 등이 소개되었다. 2000년에는 일본국제교류기금 초청 연수도 다녀왔다.

실험극을 보기 위해 극장에 오지 않는 관객들을 찾아 그는 종종 거리로 나섰다. 아랫도리만 가린 채 알몸으로 거리를 활보하는 등 파격적 공연을 벌이다가 도로교통법 위반으로 과태료를 낸 것만 서너 번이다. 씨어터제로 극장을 재개관했을 때는 천장에 레일을 달아 공중회전 좌석을 만들고 화장실 변기 앞에 무대와 극장 외부, 비디오아트, 자신의 모습을 볼 수 있는 모니터를 설치하는 등 관객을 향한 손짓과 몸짓을 그치지 않았다.

강원도 고성군 화진포에서 어린 시절을 보낸 그는 새벽마다 아침잠을 떨치고 떠오르는 빨간 해를 맞이하기 위해 바닷가로 달려갔다. 그것이 신내림의 시작이었으며 무당 역할을 자처하면서 연극 인생을 이어왔다. 한바탕 신나는 굿판을 벌이다가 굿판이 시원치 않으면 시름시름 앓기를 반복했다. 죽음에 대한 관심 때문에 일찌감치 〈유언장 쓰기〉(2000)란 퍼포먼스도 했던 그는 평생 해온 연극을 압축시킨 한평극장 무대에서 관객에게 묻는다. "죽음이란 뭘까, 도대체 뭘까." 그 답은 울고 웃으며 유한한 삶을 실컷 향유하는 것이다.

**심철종**

1960년 부산에서 태어났다. 1983년 국립극장 연수원을 수료한 뒤 〈원시인이 되기 위한 벙어리 몸짓〉(1986년 바탕골소극장)을 만들면서 연출가이자 배우로 활동해왔다. 〈개〉, 〈탈각〉, 〈엘리판트맨〉, 〈99 스트레스 굿〉 등의 연출 · 출연작이 있으며 연극 〈햄릿머신〉의 배우로 20년간 장기 공연했다. 영화 〈형사〉, 〈암살〉 등에도 출연했다. 극단 씨어터제로 대표이며 한평극장을 운영하고 있다.

제4장

공동체를 향해 열린 집

# 세상에 마모되지 않을
# 시, 사람, 여백을 찾다

▼

독문학자 전영애의 '여백서원'

## "보관해야 할 책들이 있다"

"이 서원을 지은 이유는 여기에 보관해야 할 책들이 있기 때문입니다." 전영애 서울대학교 독문과 명예교수가 경기도 여주시 강천면 걸은리에 지은 여백서원은 말 그대로 책의 집이다. 그는 보자기에, 대바구니에 조심스레 싸놓은 책들을 꺼내 보였다. 그 책들은 크게 세 계열이다.

첫째는 어머니(김한섭)의 책. 1990년에 작고한 어머니는 경북 봉화의 반가에서 태어났으나 학교 근처에도 가보지 못했다. 16세에 두 살 어린 아버지와 결혼해 18년 만에 전영애를, 8년 뒤 남동생을 낳고 큰 살림을 건사하느라 평생 고생했다. 그런 어머니가 필사한 책이 있다. 배움에 대한 욕망이 컸던 어머니는 책이 귀했던 시절, 한지에 책을 베껴 너덜너덜해질 때까지 보고 외웠다. 소설본, 조선시대 가사를 적은 두루마리들이 전영애 교수의 손에 남았다.

둘째는 아버지(전우순)의 책. 서울대학교 정치학과 출신으로 사업을 했던 아버지는 자식들에게 염려를 끼치지 않으려 60대 후반에 등산을 시작해 90세까지 매년 에베레스트봉을 올랐다. 그의 조부는 소수·도산서원장을 지낸 유학자인데, 250년 전 괴테의 글은 줄줄 읽는 딸이 증조부의 글을 못 읽는 게 안타까워 조부의 문집을 한글로 번역해 1,000장

의 종이에 붓으로 썼다. '91세 우순이 피로 번역하고 쓰다'라고 서명한 작업을 2011년 6시간 반에 걸친 담도암 수술을 받은 뒤 마무리하고 6개월 만에 별세했다.

셋째는 괴테의 『서·동 시집』초간본(1819), 『파우스트』희귀본 (1853)을 비롯한 200여 권의 독일 문학 관련 서적이다. 우연히 프랑크푸르트행 열차에서 만난 알프리드 홀레Alfried Holle는 전영애 교수가 비행기 출발시간에 늦을까봐 안절부절못하는 젊은 여성을 위로하는 대화를 듣고는 아무 배경도 모른 채 "프랑크푸르트에 가거든 히르시그라벤 (괴테하우스 주소)에 가보라"고 말했다. 그 후 괴테 탄생 250주년(1999)을 맞아 뒤셀도르프에서 『서·동 시집』에 대해 강연하면서 바이마르 괴테학회 재정 감사였던 그와 재회했다.

자신의 집에서 하룻밤 자라는 초대를 받고 방문했을 때 그는 전영애 교수가 관심 있을 만한 책과 자료를 모조리 꺼내놓았다. 그것을 다 보느라 11일 동안 그 집에 머물렀다. 홀레는 별세하기 직전 다시 전영애 교수를 식사에 초대했고, 며칠 후 "당신이 갖고 있는 게 가장 좋겠다" 면서 항공편으로 자신의 장서를 부쳐왔다.

여백서원에는 이 책들과 함께 전영애 교수가 시의 스승으로 모시는 동독 출신 시인 라이너 쿤체의 책, 학문의 스승으로 모시는 헨드릭 비

루스 교수의 책, 자신이 쓰고 번역한 책, 서울대학교 교양수업 '독일 명
작의 이해'를 수강한 제자들이 종강 때 각자 한 권씩 만든 책, 여백서원
에 다녀간 사람들의 책까지 소중하게 간직되어 있다.

　이 책들은 책에 대한 우리의 관념에 도전한다. 출판사에서 만들어 상
품으로 팔리는 책만 책이 아니다. 어머니의 두루마리, 아버지의 낱장
번역본, 제자들이 학교 앞에서 제본한 복사본, 전영애 교수가 사적으로
몇 부 찍은 책까지 모두 책이다. 책이란 문자문화와 다름없다. 전영애

교수의 어머니가 신문지 조각도 함부로 태우지 않은 것은 그곳에 문자가 있었기 때문이라고 한다. 문자문화에 대한 존중, 문자문화의 정수인 문학, 그중 최고봉인 시에 대한 경애가 담겨 있는 곳이 여백서원이다.

## 한국과 독일에 지은 '시의 정자'

여주 보금산 자락에 자리 잡은 여백서원은 작은 정자에서 시작되었다. "번듯한 직장에 있으니 일은 또 얼마나 많았겠습니까. 개집만 한 곳이라도 따로 글 쓸 곳이 있으면 좋겠다고 입버릇처럼 말했죠." 이를 새겨들은 지인이 2004년쯤 경기도 여주에 작은 농가를 함께 사자고 했다. 250만 원씩 합쳤다. 그곳이 좋아서 2~3시간이라도 짬만 나면 달려갔다. 그런데 집이 마을 땅에 지어져 언제 없어질지 불안했다. 건넛마을에 땅이 나왔다기에 1,200평을 형편도 생각지 않고 덜컥 샀고 그곳에 '시정詩亭'이라는 작은 정자를 지었다. 방과 마루 2칸이었으나 목수가 오다가다 잠깐씩 짓느라 1년 7개월이 걸렸다. 너무 소중해서 서울에서 올 때마다 양평 돌가게에 들러 돌을 사다가 정원을 둘렀다. 캄캄한 밤에 이곳에 앉아 글을 썼다.

2011년은 전영애 교수에게 매우 기쁜 해였다. 『괴테 시 전집』 번역

을 비롯해 괴테 연구의 업적을 인정받아 바이마르 괴테학회가 전 세계 괴테 연구자를 대상으로 격년마다 주는 괴테 금메달을 수상했다. 여기에 그의 강의가 학생들이 좋아하는 수업으로 꼽혀 서울대학교 교육자상을 받는 경사까지 겹쳤다. 상금으로 독일에 시정과 똑같은 정자를 짓겠다고 하니까 아버지가 자신의 생활비로는 매달 20~30만 원을 쓰면서 모은 돈 1억 원을 건넸다. 그 돈을 차마 쓸 수 없어서 여주의 원래 땅 옆에 2,000평의 산을 더 샀다.

전영애 교수의 한옥 짓기가 시작되었다. 독일에 짓는 시정의 자리는 바이에른주 파사우Passau시 쿤체 시인의 저택으로 정해졌다. 충남 천안에서 정자를 지었다가 해체한 뒤 경기도 일산에서 소독을 마치고 부산에서 선적했다. 이 자재를 독일 북쪽 항구 브레머하펜에서 내려 다시 육로를 통해 도나우강이 보이는 쿤체 시인의 저택 언덕으로 옮겼다. 승용차 18대 분량, 9,000킬로미터의 여정이었다. 1차로 목수 7명이 가서 조립하고 2차로 와공 2명이 재방문해 마무리했다. 2년에 걸쳐 여주의 시정보다 정교하고 문이 3겹씩 22개인 정자가 완성되었다.

정자를 헌정한 쿤체 시인과의 인연은 특별하다. 1960~1970년대 국내에서 금서였던 그의 첫 시집 『민감한 길』(1969)과 산문집 『참 아름다운 날들』(1976)을 번역했다가 1989년 해금되어 출간했다. 1994년 캐

나다 밴쿠버에서 열린 세계독문학회에서 그를 처음 만났고 팩스로 편지를 주고받으며 시의 스승과 제자가 되었다. 쿤체의 시는 여주 시정 앞 돌판에도 새겨져 있다. "나보다 일찍 죽어요, 조금만/일찍/당신이 아니도록/집으로 오는 길을/혼자 와야 하는 이."

시정 아래로 여백서원 본관 공사도 시작되었다. 함께 모여 공부할 수 있는 큰 방을 중심으로 오른쪽에는 서재, 왼쪽에는 휴식 공간을 마련했다. 한옥 건축의 차경借景(경치를 빌려옴) 개념을 살려 바깥 경치가 잘 보이도록 사방에 큰 창을 냈다. 뒤편에는 작은 데크 무대가 만들어졌고 옆에는 족욕탕이 있다. 다락방에는 20인분 침구를 넣어두었다. 서재에는 바이마르에서 사온 전등을 걸었다. 한옥의 독일 전등은 두 문화의 연결을 상징한다. 본관은 2014년 10월 완성되었다. 그 후 한 독지가의 도움으로 외국 작가나 학자가 머무는 정자인 '우정友亭'이 2015년 말 본관 건너에 들어섰다.

여백서원의 아름다움은 정원에서도 풍긴다. 서원 앞 '나무고아원'이라고 부르는 정원에다 전영애 교수는 교정 계단 틈에 끼여 잘 자라지 못하는 나무들을 옮겨 심었다. 사연과 이름이 있는 나무도 많다. 독일 괴테학회장이 명명한 괴테송, 근심 많은 어머니처럼 구불구불한 모송, 맑은 아버지를 닮아 그의 호를 붙여준 여백송, 가지가 많고 도무지

모양이 잡히지 않는 후학송 등이다. 본관에서 시정으로 올라가는 산책로의 왼쪽은 여주에 왕릉이 있는 세종의 길, 오른쪽은 독일 낭만주의의 상징인 푸른꽃 길이다.

여백서원에는 의외의 장소가 있다. 산 위에 철골 구조물로 지은 3층짜리 전망대다. 그곳에 올라가면 360도 어느 한 군데 막힘없이 아늑하게 산으로 둘러싸인다. 3월 첫날 지각생처럼 내린 눈은 온 천지를 비현실적인 아름다움으로 수놓았다. 그곳으로 올라가는 오솔길에서 괴테의 시를 만났다. "가슴 열렸을/그때만 땅은 아름답다."

### '위여백 위후학 위시'

전영애 교수는 "화려해 보이는 이력과 달리 나는 고생을 많이 한 사람"이라고 했다. 경기여중·고를 졸업하고 서울대학교 독문과와 대학원을 나올 때까지는 그야말로 순조롭게 공부했다. 그런데 독일 유학도, 박사과정 진학도 남자 선배들에게 밀렸다. 그사이 결혼해 남매를 낳으면서 공부의 길은 멀어졌다. 2개월 된 아기를 놓고 독일로 유학 갔다가 3학기 만에 돌아오기도 했다. 그렇게 10년이 흐르는 동안 혼자 수많은 독일어 원서를 읽고 번역했다. 1984년 34세가 되어서야 서울대학교 박사과정에 들어갔고, 2년 반 만에 학위를 받은 뒤 경원대학교 교수를 거쳐 모교로 부임했다.

스승 없이 늘 독학했다는 기분으로 살던 그는 49세에 독일에서 학문의 스승을 만났다. 독일 방문 중 독보적 괴테 연구자인 브레멘야콥스 대학 헨드릭 비루스 교수가 작은 시골에서 여는 주말 세미나에 참석했다. 어찌나 열심히 들었는지 비루스 교수가 다가와 이것저것 묻더니 즉석에서 다음 날 발표를 시켰다. 발표가 끝나고 서로 이야기를 나누다가 『바이마르에서 온 편지』라는 책을 냈는데 그게 자신의 27번째 책이라고 말했다. 그 말을 들은 비루스 교수는 두 손으로 전영애 교수의 머리를 붙잡고 이마에 감탄의 입맞춤을 했다. 두 사람은『서·동 시집 연구』를 함께 낼 만큼 가까운 사이가 되었다.

전영애 교수는 여백서원의 존재 이유로 좋은 책의 보관과 함께 좋은 사람들의 보존을 든다. 제자들, 책과 문학을 사랑하는 시민들, 한국에 대해 알고 싶은 외국인들 누구에게나 여백서원은 열려 있다. 그들이 험난한 세상에서 마모되지 않고 양심을 지키며 정직하게 살아가기를 바란다. 여백서원에서 삶의 여백을 찾도록 해주고 싶다. 여백은 아버지의 호如白이지만 오독餘白되기를 원한다. 여주에 오면서 제자들과 시작한 오마토(5월 마지막 토요일), 시마토(10월 마지막 토요일) 모임 외에 서원을 지으면서 불특정 다수를 위한 월마토(매월 마지막 토요일) 모임을 만들어 서원을 공개한다.

"제 공식 직함이 '3인분 노비'입니다. 옛날에 이만한 서원을 지키려면 노비가 3명은 있어야 했다네요. 호호." 정말 여백서원을 혼자 관리한다. 이용한 사람들이 원래 상태로 해놓고 나가는 게 원칙이다. 사재를 털고 조금씩 후원을 받지만 오래가려면 운영비를 아껴야 한다. 가장 비중이 큰 난방비를 줄이기 위해 황토벽돌 두 겹 사이에 숯가루와 보온재를 넣어 벽을 짓고 지열을 끌어올려 사용한다. "나만 위해서는 이렇게 못하지요. 아끼는 이들을 위한 일이니까 뭐든 했습니다." 그는 서원지기로 여생을 보낼 참이다. 여백서원 입구와 대들보에 그는 이곳의 존재 이유를 적어놓았다. '爲如白 爲後學 爲詩(여백을 위하여, 후학을 위하여, 시를 위하여).'

**전영애**

1951년 경북 영주에서 태어났으며 1996년부터 2016년까지 서울대학교 독문과 교수로 재직했다. 독일 프라이부르크 고등연구원 수석연구원, 뮌헨대학 초빙교원을 겸임했다. 2011년 바이마르에서 괴테 금메달을 수상했다. 『괴테 시 전집』, 『서·동 시집』 등 60여 권을 우리말로 옮겼고 『괴테와 발라데』, 『서·동 시집 연구』 등의 연구서, 『카프카, 나의 카프카』 등의 시집을 펴냈다.

# '책장수'는 고향 동네 대나무숲을
# 사무실로 옮겨왔다

▼

나남출판 회장 조상호의 '사무실'

## 언론인, 수배자, 은행원

경기도 파주출판단지에 있는 조상호 나남출판 회장의 사무실을 처음 보았을 때 깜짝 놀랐다. 매우 넓고 호사스럽게 느껴졌기 때문이다. 그 느낌이 크게 틀리지는 않았다. "책장사를 해서도 이만한 사무실을 가질 수 있다는 걸 보여주는 쇼룸"이었기 때문이다. 족히 50평은 되는 공간에 물이 졸졸 흐르는 미니 정원과 화분, 서예, 그림, 조각, 수석, 가구, 바둑판, 긴 책꽂이가 놓여 있었다. 일과 취미가 함께하는 공간이다. 이런 '쇼룸' 사무실의 기원을 알기 위해서는 그와 나남의 지난 역사를 훑어야 한다.

전남 장흥이 고향인 조상호 회장은 청운의 꿈을 안고 1970년 고려대학교 법학과에 입학했다. 원래 이과였지만 조지훈 시인이 강연하는 걸 보고 반해 문과로 돌렸다. 그러나 당시는 삼엄했던 박정희 군부체제 시절이었다. 언론인을 꿈꾸던 그는 2학년 때 교내 지하신문 '한맥'을 만들다 수배자 신세가 되었다. 청계천변 판자촌 철거민을 집단 이주시킨 경기도 광주대단지(현재 성남)의 비참한 실상을 다룬 르포가 문제였다. 이 기사가 북한 신문에 남한의 실상으로 과장 보도되었다는 사실을 제적된 다음에 알았다.

22세의 도망자가 된 그는 청량리에서 기차를 타고 원주로 향했다. 끼니를 해결하기 위해 넝마주이로 일하고, 기원에서 내기 바둑을 두며 쪽잠을 잤다. 위수령이 발동하고 제적자가 된 그는 학교 앞에서 붙잡혀 군대에 끌려가 강원도 방책선防柵線의 소총수 신세가 되었다.

제대한 뒤 다행히 복학해 대학을 졸업했다. 그러나 '별'을 단 이상, 취업은 언감생심이었다. 결혼하려면 버젓한 직업이 필요할 것 같아 지인의 신원보증으로 은행원 생활을 몇 년 하다가 1979년 5월 나남출판을 차렸다. '나와 남이 더불어 사는 세상'이라는 뜻을 가진 순우리말을 상호로 택한 나남은 제도권 언론이 감당하지 못하는 군사독재 비판의 한 우회로로 출판저널리즘을 표방했다. 첫 책은 버트런드 러셀의 『희망의 철학』이었다. 어느덧 2000호에 이른 나남신서 1번이다. 이어 E. H. 카의 『러시아 혁명』, 미키 기요시의 『철학 입문』이 나왔다.

조상호 회장은 수많은 책 가운데서도 김준엽(1920~2011) 전 고려대학교 총장의 회고록 『장정』을 펴낸 것을 가장 큰 보람으로 여긴다. 1986년 『월간 경향』에 실린 김준엽 전 총장의 연재 원고 「나의 광복군 시절」을 보고 출판을 제안해 1987년 광복절에 2권짜리 『나의 광복군 시절』이 나왔다. 이때부터 『나의 대학총장 시절』, 『나의 무직 시절』, 『다시 대륙으로』로 이어지는 5권의 '김준엽 현대사-장정' 시리즈가 2001년

11월 완간되었다. 존경하는 스승과 함께한 15년 출판 장정이었다.

소설가 박경리(1926~2008)와의 인연도 남다르다. 운동권 선배인 김지하 시인과의 친분으로 그의 부인인 '영주 누나(김영주 토지문학관장)'와도 가까운 사이가 되었다. 불교미술 연구자인 그의 책 『신기론으로 본 한국 미술사』를 내면서 필자로서 인연도 맺게 되는데, 그것이 어머니까지 이어졌다. 1960년대 베스트셀러였던 『김약국의 딸들』이 드라마 계약을 맺은 직후, 영주 누나는 "외동딸의 책을 그렇게 호화스럽게 출판해준 데 대한 어머니의 고마움"이라며 책을 들고 왔다. 1993년의 일이다. 이 책은 엉뚱하게도 그해 여름 의사와 한의사들의 진료 영역 분쟁을 겪으면서 날개 돋친 듯 팔렸다. 한동안 출판이 중단되었던 『토지』12권도 2001년 나남에서 출간되어 밀리언셀러가 됨으로써 출판사의 경영 기반을 다졌다.

또 하나의 소중한 인연은 조지훈(1920~1968) 시인이다. 자신의 진로를 바꿀 만큼 청소년 때부터 흠모하며 사숙했던 선비정신의 표상, 조지훈을 기리기 위해 2001년 지훈상을 만들어 문학상과 국학상 2개 부문을 줄곧 수상해오고 있다. 고문과 운영위원장은 계속 바뀌었지만, 상임운영위원은 조상호 회장 자신이 계속 맡아왔다. 여기서 그치지 않는다. 출판사를 세우던 1979년 태어난 아들 이름은 조지훈이고, 파주출판단지로 이사 오기 전 양재역 인근에 있던 사옥은 지훈빌딩이었다.

## 스스로 포박한 살림집 사옥

이런 역사를 이해하면 넓고 호사스럽게만 보였던 사무실의 모습이 어떻게 갖춰졌는지 차츰 갈피가 잡힌다. 사무실 입구에 들어섰을 때 작은 책상에 놓인 바둑판은 수배 시절의 산물이다. 기원의 내기 바둑 맞수로 시작해 갈고 닦은 그의 바둑 실력은 아마 5단이다. 책상 옆에는 조지훈 시인의 부인 김난희 여사가 쓴 한글서예 족자가 걸려 있다. 지훈상을 운영하는 데 대한 깊은 감사의 표현이다.

책상 주변에는 그가 '나의 보물'로 꼽는 물건들이 놓여 있다. 보물 1호는 1993년 부여 능산리에서 발굴된 백제 금동용봉 봉래산 향로(백제금동대향로)다. 64센티미터의 실물대 모형으로 유리상자 안에 반듯이 모셔져 있다. "김종규 전 한국박물관협회장도 70퍼센트 축소판을 갖고 있을 만큼 귀한 물건"이라고 자랑한다. 망중한의 시간에 향로를 쳐다보면 선계(仙界)에 들어온 듯한 느낌을 받는다고 한다.

보물 2호는 인생훈인 이희봉 선생의 글씨를 비롯해 단하 김영두, 강암 송성용, 목촌 예춘호 선생들의 서화다. 고려대학교 법학과 은사인 이희봉 선생은 그의 주례를 선 다음, '不怨天 不尤人 下學而上達 知我者 其天乎(불원천 불우인 하학이상달 지아자 기천호)'라는 휘호를 선물했다. 『논어』「헌문편」37장에 나오는 공자의 말씀으로 '나를 알아주지 않는다고 하늘을 원망하지 말며 사람을 탓하지 마라. 다만 아래로 배워서 위로 통달하니 나를 알아주는 것은 하늘인가 보다'라는 뜻이다. 결국 하늘이 알아줄 텐데 조급하게 뭔가 이루려고 안달하거나, 조금 이루었다고 교만하지 않으며 뜻을 이루려고 노력해야 한다는 가르침으로 새

겨왔다.

김영두 고려대학교 정치외교학과 교수는 1981년 퇴임기념논문집을 출판해준 조상호 회장에게 나남을 '奈南'으로 쓴 휘호를 선물했다. 한시 운을 맞추기 위해 한글 상호를 한문으로 쓴 것을 미안해하면서 나폴레옹奈翁과 같은 불굴의 용기로 남쪽 기름진 들녘을 가꾸라는 의미라는 설명까지 붙였다. 전주의 강암 송성용 선생은 역시 나남에서 책을 냈던 송하춘 고려대학교 국문학과 교수의 부친이다. 풍죽風竹 그림에 쓴 '抱節不爲霜雪改 成林終與鳳凰期(포절불위상설개 성림종여봉황기)'라는 화제畫題는 '어떤 어려움이 있어도 처음 품었던 대나무 같은 곧은 절개를 영원히 변치 말고, 대업을 이루었다 해도 거기에 안주하지 말고 이상을 향해 나아가라'는 뜻이다.

사무실 곳곳에서 자라는 식물 이야기는 따로 한 장을 할애해야 한다. 그가 사무실에서 나무를 키우기 시작한 건 서초동 지훈빌딩 시절부터다. 고대교우회관, 서초동 살림집에서 출판사를 운영하다 1994년 번듯한 사옥을 마련했다. 양재역 인근의 대지 200평, 연면적 900평짜리 건물이었다. 살림집도 사옥으로 옮겨왔다. 파주출판단지 사옥까지 그가 계속 집과 사무실을 한 장소에 잡은 건 "바깥에 나가지 않기 위해 스스로를 포박한 것"이었다. 위수령이 발동되었던 1971년 제적된 '71동지회' 회원인 그에게는 '민주주의가 누란의 위기인데 책장사만 할 거냐'는 유혹이 만만치 않았다.

스스로 자초한 감옥이니 근사해야 했다. 서초동 사옥에 갓 입주해 요사채(절의 승려들이 거처하는 공간, 조상호 회장은 자신의 살림집을 이렇게 부른다)를 들여 지신을 밟고 사장실을 꾸미려는 때였다. 출판사에 놀러왔던 강현두 서울대학교 교수가 넓은 공간을 보면서 "책장사를 해서도 멋진 사무실을 가질 수 있다는 걸 보여주라"고 했다. 클래식 마니아였던 김승현 고려대학교 교수는 자신의 거래처에서 진공관 앰프를 구입해 설치해주고 클래식 CD를 선물했다. 지금도 그의 책상 옆에서 조용히 흘러나오는 클래식 음악의 기원이다.

조상호 회장은 사무실 한쪽에 대나무를 심어 실내정원을 만들었다. "우리 고향 동네는 어디나 대나무숲으로 둘러싸여 있었다"는 그는 어린 시절 뒤란에서 대나무가 내던 '서걱서걱' 소리가 그리웠다. 사옥 앞마당에 30년 된 장송 3그루와 앵두나무도 심었다. 이듬해에는 파주시 금촌면에 책 창고를 신축하면서 은행 대출을 받는 조건으로 부실채권인 인근 적성면 임야 1만 5,000평을 떠맡았다. 이곳 적성농장에 자작나무 묘목을 심으면서 산림조합원이 되었다.

### "아래로 배워서 위로 통달하다"

그가 아끼는 대나무는 파주출판단지의 출판사에도 있다. 조상호 대표의 사무실 책상 옆 미니 정원에 있고 로비에 설치된 대형 화분에서도 2층 높이로 싱싱하게 자란다. 또 한 군데, 외부인은 들어가지 못하는 살림집 입구에서도 직사각형으로 천장이 뚫린 유리온실 안에 들어 있는 대나무를 만날 수 있다.

한편 20년 전 적성농장에 심었던 자작나무가 큰 나무로 자라 사옥 뒤편으로 옮겨지면서 작은 숲을 이루었다. 사옥 벽은 담쟁이덩굴이다. 입주할 때 몇 년마다 한 번씩 사옥 건물을 도색해야 한다고 하기에 아

예 계절마다 다른 색으로 자연 도색되는 담쟁이를 심었다.

나무를 향한 그의 꿈은 파주시 신북면 나남수목원으로 결실을 맺었다. 2008년부터 조성하기 시작한 20만 평의 나남수목원에는 잣나무, 산벚나무, 참나무 숲이 있다. 양지바른 곳에는 우리 사회에 공헌한 이들의 수목장을 위한 2,400그루의 반송을 심었다. 나남수목원 프로젝트는 10년간 가꾼 적성농장의 가운데를 지나는 도로신설계획 통지서가 날아들면서 시작되었다. 그동안 키운 나무를 이식하는 게 안타까워서 개발 가능성이 적은 경기도 북부의 산지를 헤맨 끝에 만난 땅에서는 책 박물관의 꿈이 영글고 있다.

그가 나무를 가꾸는 일에 열중하게 된 건 "가끔 멈춰 쉬고 싶었기 때문"이다. "딱히 무엇을 하고 쉴 것인지도 몰랐다. 미지의 미래에 대한 정체 모를 불안이 두려웠다"고 한다. 책으로 인한 시름을 나무가 달래 준 셈이다. 그는 학생운동을 하던 시절의 도피 생활을 '내출혈의 제1장 제1과'라고 표현했다. 그 후 무수한 장과 과가 이어졌다. 제적과 강제징집 경력이 있기는 하지만, 성공적으로 보이는 그의 출판 인생에서 내출혈의 정체는 무엇이었을까? "나이 50이 넘으면서는 나의 동물적인 감각이나 본능에 의존할 수밖에 없었다. 이제는 제법 컸다고 생각해서인지 선배들의 애정 어린 지도도 끝나가고 나 스스로 길을 찾을 수밖에 없

었다"는 것이다. 결국 이희봉 선생이 주신 인생훈 '하학이상달下學而上達
(아래로 배워서 위로 통달하다)'의 문제였다.

그는 언론인이 되지 않았으나 출판저널리즘을 추구하고 언론학 전문
서적을 내는 일로 젊은 시절 '언론 의병장'의 꿈을 이루었다. 출판이 상
업화하고 그나마 상업출판의 기반마저 디지털 문화에 밀려 붕괴 직전
인 지금, 그에게 출판은 어떤 의미일까? "학자가 논문으로, 판사가 판
결로 말하듯 출판사는 출간 목록으로 말한다. 좋은 책을 제작비가 없어
못 내지는 않는 형편이다. 늘 성실한 공부와 함께 저자의 목소리가 담
긴 책을 찾고 있다." 종이에서 나무로 확대되었던 이야기는 다시 종이
와 활자로 돌아왔다.

### 조상호

1950년 전남 장흥에서 태어나 고려대학교 법학과를 졸업하고 한양대학교 신문방송
학과에서 「한국 언론과 출판저널리즘」으로 박사학위를 받았다. 연세대학교·고려대
학교·서강대학교 언론대학원 강사, 방송통신융합추진위원을 역임했다. 현재 나남
출판·나남수목원 회장을 맡고 있다. 『언론 의병장의 꿈』, 『나무 심는 마음』 등의 수
필집을 펴냈다.

# 인왕산 아래 술 빚는 집,
# 멍석 깔고 나누는 잔에는 흥이 넘친다

▼

전통주 명인 박록담의 '내외주가'

## 쌀과 누룩과 물로만 빚어낸 전통주

서울 서촌은 직장인과 관광객, 나들이 인파로 늘 붐빈다. 조선시대 중인들이 모여 살던 이곳은 수려한 인왕산 아래 일제강점기에 지어진 한옥과 시인 이상, 화가 이상범·박노수 등 예술가들의 흔적, 그리고 최근 들어선 아기자기한 카페와 레스토랑, 디자인 가게들이 어우러져 활기차고 시끄러운 동네가 되었다. 회식 명소인 금천교시장과 꼬마부터 노인까지 방문객이 붐비는 통인시장을 지나 왼쪽으로 방향을 틀어 인왕산 쪽으로 좀더 올라가다 보면 조용한 주택가가 나온다.

내외주가는 인왕산 바위가 바로 올려다보이는 골목길 안에 숨어 있다. 2층짜리 양옥은 얼핏 살림집 같지만 열린 대문 앞에 '우리 술 문화공간'이란 입간판이 있다. 마당이 넓고 손님을 맞는 주인의 모습이 보이지 않아 "안에 누구 계세요?"라고 외치게 된다. 이 집은 박록담 한국전통주연구소장이 아내 박차원과 함께 운영하는 주점이다. 2015년 9월문을 열었고 이듬해에는 살림집도 2층으로 옮겨왔다. 현관문을 열고들어서면 거실에 좌탁 4개가 펼쳐져 있다.

박록담 소장은 30여 년간 우리 술을 연구해온 전통주 전문가다. 대학 시절부터 전라도 일대의 전통주 담그는 노인들을 찾아다녔던 그는 현장에서 채록한 술 빚는 법 130여 가지에다 주방문酒方文이 실린 고서를 연구해 추출한 870여 가지를 합쳐 1,000여 가지 레시피를 정리해 발표했다. 그가 1999년 설립한 한국전통주연구소에서 술 빚는 교육을 받은 수강생 수만 2만 3,000여 명에 이른다. 그런 그가 내외주가를 연 것은 자신의 방식대로 빚은 전통주를 확산시키기 위해서다.

"우리 전통주가 좋다고는 하는데 직접 맛본 분들은 생각보다 적어요. 수제 전통주가 아니거나 맛이 못 미치는 술을 전통주라고 믿고 마셨다가 실망하는 경우도 있고요. 그래서 저와 제자들이 빚은 술맛을 보여주기 위해 이곳을 열었습니다."

내외주가의 차림표를 보면 내외주가 탁주는 2만 원, 내외주가 청주는 3만 원, 자희향 탁주는 1만 8,000원, 자희향 청주는 3만 원이다. 박록담 소장의 가르침에 따라 아내 박차원, 첫 제자 노영희가 각각 빚은 술이다. 그가 직접 빚은 세상만사(호산춘) 탁주는 3만 500원, 청주는 5만 원, 청산별곡(송순주)은 12만 원, 나비의 꿀단지(백화주)와 달빛여로(감홍로)는 20만 원으로 가격대가 올라간다. 공장에서 만든 술에 비하면 비싸지만 수입 주류인 와인이나 위스키에 비하면 비싸다고만 할 수 없다. 대신 술맛을 제대로 느끼도록 슴슴하게 가정식으로 만든 안주들은 착한 가격이다.

"보통 안주는 비싼 걸 먹으면서 술은 싼 걸 고르지요. 특히 국산술일수록 그래요. 그렇지만 좋은 술을 마셔야 숙취가 적고 건강을 해치지 않습니다. 어떤 첨가물도 없이 쌀과 누룩, 물로만 빚어낸 전통주가 바로 그런 술입니다."

내외주가는 박록담 소장 내외가 운영한다고 해서 붙여진 이름이 아니라 특별한 형태의 전통주막을 가리키던 명칭이다. 가난한 양반가 여인들이 자신의 집에서 빚은 가양주家釀酒를 팔던 곳이다. "술 내오라 여쭈어라" 하면 "여기 있다 여쭈어라" 하는 식으로 안주인과 손님이 내외하며 술상을 내었다 해서 내외주가라고 했고, 안주인의 얼굴은 보이지 않은 채 팔뚝만 나와 술을 준다는 뜻으로 팔뚝집이라 부르기도 했다. 반가에서 운영하던 곳인 만큼 술과 음식에 격조가 있고 드나드는 손님 역시 일반 주막과는 달랐다.

이런 이름을 택한 현대판 내외주가는 지은 지 50년이 가깝지만 여전히 튼튼한 양옥에다 넓은 마당이 자랑이다. 나무와 화초가 자라고 인왕산을 올려다볼 수 있는 정원에서 날씨가 좋으면 테이블이나 멍석을 펴놓고 손님을 맞는다. 특별한 메뉴와 위치 때문에 지나가던 손님보다 알음알음으로 찾아오는 손님이 대부분이다. 거실에서는 〈보리밭〉, 〈비목〉, 〈선구자〉 같은 우리 가곡이 나지막이 흘러나온다.

## 전통주를 복원하다

내외주가에서 판매되는 술은 자하문로를 사이에 두고 맞은편에 있는 한국전통주연구소 부설 술방 '양온釀醞'에서 내온다. 이곳에서는 생쌀가루를 뭉쳐 만든 떡누룩과 고두밥, 물을 섞어 25도 방에서 2~3일 1차 발효를 시키고 다시 18도 방으로 옮겨 2차 30일, 3차 40일간 발효를 시킨다. 이렇게 만든 밑술을 맑게 걸러내면 청주, 흐리게 걸러내면 탁주, 증류하면 소주가 된다. 탁주의 도수를 낮추고 양을 늘리기 위해 물을 탄 게 막걸리다. 발효 과정에서 다양한 꽃과 열매를 넣어 향기를 더하면 여러 이름의 가향주佳香酒가 된다. 말은 쉽지만 제대로 술맛을 내는 데 30년이 걸렸다.

박록담 소장이 술을 빚기 시작한 건 유독 술을 좋아하는 아버지 때문이었다. 무안 박씨 해남파 종손으로 일찍 결혼해 장남인 박록담 소장과 스무 살밖에 차이가 나지 않는 아버지는 목포 일대에서 경찰관으로 일하면서 늘 술과 함께 살았다. 아버지가 숙취로 고생하는 걸 보면서 좋은 술이 없을까 생각하게 되었다. 인근 섬에 사는 친척들이 먼 데로 가기 위해 배를 타고 나와 차편을 기다리며 자신의 집에 머물 때마다 어머니가 약주 대접하는 모습을 보면서 자란 것도 술 문화에 가까이 다가

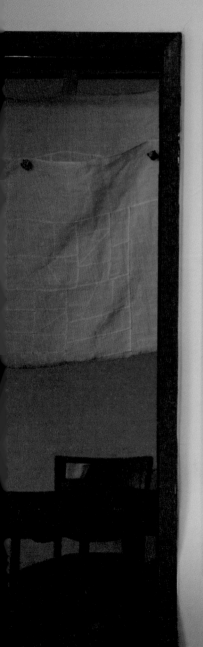

선 계기가 되었다.

대학생이 되어 광주로 간 그는 친구들에게 수소문해 가양주 빚는 노인들을 찾아다녔다. 집에 갈 때 맛있는 술을 들고 가면 아버지가 용돈을 많이 주셨기 때문이다. 그러다가 오고가느라 하루씩 걸리는 시간이 아까워 조금씩 술을 만들어보기 시작했다. 대학을 졸업하던 해『광주일보』신춘문예,『월간문학』신인상을 통해 시인으로 등단한 그는 전공인 전기공학 관련 일을 하지 않고 서울로 올라와 잡지사 기자가 되었다. 기자 일을 하면서 시를 쓸 요량이었다. 월간『청소년』과『식생활』에서 15년간 기자로 일했는데 이때도 술 빚는 명인들을 찾아다니면서 배우는 일은 그치지 않았다. 특히『식생활』에서 일할 때는 술 전문기자가 되어 전국을 돌아다니며 취재와 공부를 함께했다.

"일제강점기를 거치면서 가양주 전통이 모두 사라졌습니다. 집집마다 김치나 된장 맛이 다르듯 술맛도 달랐는데 일제가 세금을 매기기 위해 가정에서 술 빚는 걸 금지하면서 술맛이 획일화되었고 빚는 법도 모두 잊어버린 거죠."

『식생활』이 문을 닫으면서 그는 전통주 복원과 교육을 전업으로 하게 되었다. 이때 다시 변화의 계기가 찾아왔다. 2002년 농림부가 주최한 중국 베이징에서 열린 한국의 전통주 홍보행사에 전통주를 들고 나갔는데, 외국 기자에게서 "이 술 상한 것 아니냐. 곰팡이 냄새가 너무 심하게 난다"는 지적을 받았다. 우리는 미처 느끼지 못하던 누룩향이 그들에게는 역겨웠던 것이다. 지금까지 자신이 알아온 술 빚는 법이 잘못되었다는 회의에 빠졌다. 과거에 밀주를 빚다 보니 빨리 발효시키기 위해 누룩을 너무 많이 넣었고, 그것을 가양주로 배우고 답습했다는 결론을 얻었다.

그때부터 고전을 연구하기 시작했다. 국내에서 가장 오래된 양주 기록인 『산가요록』을 비롯해 『언서주찬방』, 『산림경제』, 『음식디미방』 등 80여 종의 문헌에 부분적으로 수록된 술 이름과 주방문을 토대로 일일이 실험해보면서 자신만의 전통주 레시피를 만들었다. 기록으로 남은 전통주가 520여 종, 여기에 같은 술이라도 빚는 방법이 조금씩 다른 것까지 합쳐 1,000여 가지 주방문이 나왔다. 30여 년에 걸친 연구 성과를 담아 그는 마침내 『한국의 전통주 주방문』(2015)이라는 5권짜리 5,000쪽의 책을 펴냈다.

**'수계의 술을 홀로 기울이다'**

"아무리 좋은 술이라도 어떻게 마시느냐에 따라 달라집니다. 우리 전통주가 단맛이 나는 건 과음하지 말라는 뜻이지요. 반주로 두세 잔 마시는 게 가장 바람직한 음주 방법입니다."

내외주가가 있는 곳은 송석원 자리이기도 하다. 마당 안쪽 담장이 가파른 인왕산 바위와 바로 연결되는데, 붕괴를 막기 위해 시멘트로 보강하면서 가려진 바위에 '松石園'이란 당호가 추사 김정희의 글씨로 암각되어 있었다. 송석원은 조선시대 정조 때의 위항시인 천수경의 집이며 1786년 송석원 시사회가 결성된 이후 1818년까지 333인의 시인이 위항문학을 전개해온 장소다. 위항문학이란 조선시대 후기 한양을 중심으로 중인, 서얼, 서리, 평민 출신 문인들에 의해 이루어진 문학을 가리킨다.

당시 송석원 시사회는 '세상에 시를 할 줄 아는 사람으로서 나이의 많고 적음에 상관없이 송석원 시사회에 참가하지 못하면 부끄러운 것으로 여긴다'고 할 정도로 유명했다. 1791년 김홍도가 달밤에 열린 시사회를 〈송석원시사야연도〉라는 그림으로 남겨 더욱 명소가 되었다. 이런 장소에 내외주가가 들어섰으니 술집 위치로는 단연 최고의 명당자리다.

내외주가는 많은 이의 재능 기부로 만들어졌다. 여러 문화 관련 단체의 사무실로 쓰이던 이 집 마당에는 쓰레기가 잔뜩 쌓여 있었다. 개점

을 준비하면서 집안 식구와 전통주를 배운 제자들이 쓰레기를 치우고 마당을 가꾸고 인테리어 공사를 하는 데 도움을 주었다. 내외주가란 이름을 짓자 캘리그래퍼 강병인이 글자를 써주었다. 추사 김정희의 송석원이란 글씨와 어울리는 서체였다. 그걸 서예가 김기상이 각자(刻字)해 외벽에 걸어주기까지 했다.

문을 열고 처음 맞은 삼월삼짇날, 내외주가에서는 옛 전통을 잇는 시사회가 열렸다. 박록담 소장과 가까운 이들인 한복려 궁중음식연구원장, 강병인, 박금준 편집디자이너, 김수진 음식영화 감독, 윤진철·손미나 명창, 신규열 한국화가, 하선호 서예가, 김홍렬 한국음식인문학연구원장 등이 모여 술과 안주를 음미하고 현장에서 시화를 그려 경매까지 열었다. 이 집 커튼에 그려진 매화는 그날 여흥의 흔적이다. 단오(5월 5일), 칠석(7월 7일), 9월 9일, 11월 11일에도 시사회가 이어졌다.

고등학생 때부터 시인이 되기를 꿈꾸었던 박록담 소장은 자신의 술 인생을 시에 담아 술시를 쓴다. '술잔에 떨어지는/꽃그림자/가득하고,//꽃방석에 앉았으니/향기도 흥도 새로운데,//청명에/찾아주는 이 없어,/수계의 술을/홀로 기울인다.'(시「청명주를 마시며」, 수계란 술을 끊거나 마시지 않겠다는 자신과의 약속) 한산 소곡주, 전주 이강주, 금산 인삼주, 해남 진양주, 완주 송화주, 담양 추성주, 아산 연엽주, 파주 감홍로 등

술을 소재로 쓴 시로 시화전도 열고 해당 지역에 보내주기도 한다.

"술 문화가 바뀌고 있습니다. 제가 처음 술 빚기를 가르칠 때는 50대 후반 여성이 많았습니다. 술 좋아하는 남편에게 조금이라도 좋은 술을 먹이려는 것이었지요. 지금은 40대 초반 남성들로 옮겨왔습니다. 직접 빚어 즐기는 쪽으로 변했다는 뜻이죠." 술 실력과 술을 즐기는 일은 아무 상관없다. 그의 주량은 소주 석 잔이다.

### 박록담

본명은 박덕훈. 필명인 박록담으로 개명했다. 1959년 전남 해남에서 태어나 조선대학교 전기공학과, 고려대학교 대학원 식품공학과를 졸업했다. 1984년 『광주일보』 신춘문예 등을 통해 시인으로 등단했으며 현장 탐방과 고서 연구로 1,000여 종의 전통주를 복원했다. 1999년 한국전통주연구소를 설립해 2만 3,000여 명에게 전통주 빚는 법을 전수했다. 술방 '양온', 우리술 문화공간 '내외주가'를 운영하며 『한국의 전통주 주방문』(전5권)을 펴냈다.

# 공들여 요리한 음식,
# 손님은 그 맛에 길들여진다

▼

세프 최미경의 '8 스텝스'

## "내 자식을 먹이는 마음으로"

최미경은 평범한 주부에서 시작해 요리 코디네이터, 쿠킹클래스 강사, 셰프, 사업가로 자신의 영역을 넓혀나갔다. 1996년 펴낸『프로 주부 최미경의 이탈리아 요리』로 처음 이름을 알린 그는 2005년 '비스트로 8 스텝스'라는 이탈리아 식당을 열어 서울 삼청동에서 8년, 성북동에서 3년간 운영했다. 미식가와 호사가들 사이에 세련된 이탈리아 가정식 요리로 잘 알려졌던 이 식당은 이제 사전 주문으로만 손님을 받는다.

"이 요리를 누구에게 먹일까 생각하면 안 됩니다. 누구에게 주든지 내 자식을 먹이는 마음으로 요리하는 게 가장 중요한 것 같아요." 이런 정성이 그의 요리를 빛나게 만든다. 셰프의 삶은 20대에 유럽 여행을 하다가 고성古城을 개조한 이탈리아의 한 고급 식당에서 현지 요리를 먹어보면서 시작되었다. 주요리가 나오기 전에 뷔페식으로 제공하는 전채요리만 이쪽에서 저쪽 테이블까지 한가득이었다. 그걸 다 먹어보느라 주문한 음식이 나오기도 전에 배가 부를 지경이었다. 그 후 이탈리아인 피에로 할아버지에게 투스카니 요리를 배웠다. 지금은 이탈리아 요리가 흔해졌지만 그때만 해도 서양 요리 하면 스테이크 정도였던 시절이다. '최미경의 요리책을 통해 이탈리아 요리를 처음 접했다'

는 사람이 제법 많았다.

그 후로 30여 년간 쌓아온 그의 요리 레시피는 70세트가 넘는다. 가 짓수로는 수백 가지인데 그의 원칙은 전채, 샐러드, 주요리, 후식이 어 울리도록 세트를 구성하는 것이다. 직접 요리해보고 재료량과 조리법 을 깨알처럼 적어 파일에 꽂아놓은 레시피는 그의 재산목록 1호다. 그 가 요즘 손님들에게 선보이는 요리 가운데 좋아하는 메뉴는 셰리 와인 비네거에 절인 비트와 구운 호두, 루콜라 · 프로슈토 · 수제 리코타 치즈 를 넣은 샐러드, 새우 · 호박 · 샤프란향의 오일 소스 파스타, 오븐구이 영계 · 샴페인 크림 리조토와 아티초크 크림소스 등이다.

삼청동 시절 8 스텝스는 직원이 7명이나 될 만큼 번성한 식당이었지 만, 2013년 성북동으로 오면서 3명으로 규모를 줄였다. 다시 주문 식 당으로 변신하면서 셰프는 최미경 혼자가 되었다. "겉으로 화려해 보 일지 몰라도 식당을 운영하는 일은 고되기 짝이 없어요. 마침 함께 일 하던 셰프가 당분간 쉬고 싶다고 하기에 매일 여는 식당은 접었습니다. 고단한 식당에서 즐거운 식당으로 바꾸고 싶었거든요." 손님이 없는 빈 식당은 연극이 끝난 무대와 비슷하다. 테이블은 그대로 놓여 있으나 촛 불은 꺼졌다. 주방의 각종 집기는 깨끗이 정리되어 다음 요리를 기다리 고 있다.

그러나 20년째 자신의 집에서 열어온 쿠킹클래스는 쉰 적이 없다. 성북동으로 식당을 옮기면서 살림집도 식당 2층으로 옮겼기 때문에 식당 위가 바로 쿠킹클래스다. 그의 요리를 제대로 전수받으려면 70세트를 다 해보아야 하는데 여러 팀이라서 한 달에 한 번 한 세트씩 실습한다. 1년에 12세트이니 6년은 배워야 한다. 이렇게 오랫동안 정든 사람들과 함께 2000년대 중반부터 한 탈북자 학교에서 급식봉사를 해왔다. 아이들은 처음에 못 먹는 음식이 많았지만 봉사자들이 준비해오는 다양한 요리에 차츰 길들여졌다. 누구에게나 한결같은 마음으로 요리를 해주어야 한다는 마음을 배운 것도 이런 경험을 통해서다.

### 자연스러움을 위해 신축 아닌 개조

성북동 8 스텝스는 요리 맛뿐 아니라 건축으로도 유명하다. 간송미술관 들어가는 골목의 오른쪽 모퉁이에 있는 이 집은 덩치가 크면서도 별로 눈에 띄지 않는다. 서울 시내 어디서나 볼 수 있는 오래된 붉은 벽돌집이다. 1층 전면이 통창이고 집 앞에 제라늄 화분이 놓여 있어 식당임을 알아차리는 정도다. 그런데 어쩐지 세련된 느낌이다. 자세히 보면 창틀이 흔히 쓰는 시스템 창호가 아니라 벽이나 화분 색깔과 비슷한 붉은 나무로 만들어졌다. 평범하지만 세련된 현재 모습을 갖추기까지 우여곡절이 많았다.

"어느 날 성북동을 지나가는데 평소 보이지 않던 허름한 집이 눈에 들어오는 거예요. 뭔가 재미있는 일을 해볼 수 있을 것 같아서 인근 부동산을 찾았죠. 다섯 가구가 사는 다세대주택인데 소유권이 얽혀 쉽지 않을 거라고 하더군요. 한참 시간이 흘러 어떤 분이 '성북동 재미있으니 이사 오라'고 그래요. 뭔가 홀린 듯 다시 성북동을 찾았는데 부동산에서 이 집을 또 보여주는 거예요."

2011년 이렇게 인연을 맺은 집은 밖에서 보면 한 집 같지만 실제로는 3채가 붙어 있는 형태로 2층에 4가구, 옥상에 1가구가 칸을 나눠 살고 있었다. 1층은 LPG 영업소였다. 마당 없이 40평인 집을 계약한 뒤 필지를 정리해 3채를 하나로 묶는 데만 10개월이 걸렸다. 옛날 동네에 녹아든 자연스러운 느낌이 좋아서 신축이 아닌 개조를 택했다.

당초 목적대로 1층은 식당, 2층은 살림집 겸 쿠킹클래스로 만들기 위해 외벽은 놔둔 채 내부를 모두 철거하면서 H빔으로 보강공사를 했다. 그런데 경사진 땅에 덧대어 지어진 집이다 보니 바닥 높이가 서로 달랐다. 1층 식당은 전면에서 볼 때 앞보다 뒤의 바닥이 높았다. 높은 쪽 땅을 파서 맞출 수밖에 없었다. 그래도 여전히 높이 차이가 있는 오른쪽

뒤편은 아예 단을 높여 피아노를 놓고 영사기를 설치한 뒤 슬라이딩 도어를 달아 별도 공간으로 만들었다. 거리로 창을 낸 주방은 지하실과 계단으로 이어져 지하를 보조주방으로 쓰도록 했다.

2층 역시 옛날 4가구를 나누던 벽을 대부분 철거하고 보강공사를 거쳐 공간을 새롭게 재구성했다. 슬라이딩 도어로 만든 현관문을 밀고 들어가면 오른쪽에 침실이 있고 나머지는 책상과 의자, 책꽂이가 있는 사무 공간이다. 왼쪽에는 옥상으로 통하는 커다란 계단이 있다. 다시 벽으로 양쪽을 막고 가운데만 트인 안쪽으로 들어가자 6인용 테이블을 중심으로 오른쪽은 쿠킹클래스가 열리는 큼직한 주방, 왼쪽은 소파와 벽난로, 책장과 오디오 시스템이 있는 거실이다.

일과 생활이 합쳐진 이 공간의 콘셉트는 인더스트리얼 디자인이다. 노출콘크리트 천장이나 철제로 된 싱크대와 내부 계단이 차가운 느낌을 주면서도 원목 가구와 다양한 조명이 이를 보완한다. 그는 스웨덴 고급 가구 브랜드인 셀레모CELEMO 제품을 수입 판매하는 일을 오랫동안 겸해왔다. 전시장도, 유통망도 없이 자신이 직접 가구를 사용하면서 원하는 고객에게 카탈로그를 보여주고 주문을 받아 1년에 한 번쯤 들여오는 방식이다. 오래 써온 욘 칸델John Kandell의 징크 책장이나 마츠 테셀리우스Mats Theselius의 엘도라도 암체어는 한정판만 만들어져 시간이

지날수록 가격이 오른다.

　그의 집은 과거와 현재, 세련됨과 소박함이 공존한다. 서민들이 모여 살던 다세대주택의 흔적은 특별한 개성이 되었다. 가든파티 테이블이 있는 옥상으로 나가기 위해 내부 계단을 올라가자 한쪽에 장독대가 있다. 오랫동안 써온 책상과 책꽂이에는 옛날 사진액자와 추억이 담긴 물건이 올려져 있다. 주인이 좋아하는 꽃과 촛불도 빠지지 않는다. 새로 산 명품이 풍기는 돈 냄새가 아닌, 오래 써온 명품이 갖는 품격이라고 할까.

## '10 스텝스'를 위한 '8 스텝스'

최미경은 일찌감치 강북의 아름다움을 알아본 사람 중 하나다. "원래 골목 구경하는 걸 좋아했어요. 서울 시내 여기저기 다니다가 북촌 한옥마을을 보고, 아 이런 곳이 아직도 남아 있구나 감탄했죠. 지금은 많이 달라졌지만 당시 가회동은 골목에 연탄재가 쌓여 있는 허름한 곳이었어요."

그는 2000년 가회동 31번지 낡은 한옥을 구입했다. 김홍남 전 국립민속박물관장, 정미숙 한국가구박물관장 등이 중심이 되어 '여자들이 한옥마을을 지키자'며 '한옥아낌이모임'을 만든 게 이 무렵이다. 그러나 대문만 보고 마음에 들어 덜컥 계약한 집은 안에 들어가보니 영 딴판이었다. 56평 대지에 4가구가 콘크리트로 방을 덧대어 살았고, 지붕과 대문만 한옥이지 고택의 느낌은 찾아볼 수 없었다.

목재가 썩어 보수는 어렵고 신축하기로 결정했다. 마침 한국가구박물관이 한옥 건물을 지으면서 인력과 자재를 대주었다. 건축 양식과 마감재는 전통 방식을 따르면서 가구와 편의시설은 한옥의 미를 해치지 않는 범위에서 서양식을 채택한 2층 한옥을 짓기까지 5년이 걸렸다. 미닫이 유리창을 달아 사방으로 뚫린 대청에서는 인근 한옥 지붕이 한

눈에 들어온다. 최미경은 북촌의 재생에 기여한 공로로 2009년 유네스코에서 아시아·태평양 문화유산 보존상을 받았다.

그의 옛집 살리기는 가회동 한옥 신축, 삼청동 8 스텝스로 쓰인 한옥 보수, 다시 성북동 다세대주택 개조로 이어졌다. "새로 짓기보다 오래된 집을 고치는 일이 힘들지만 재미있는 것 같아요. 신축은 백지에다 줄 긋고 그대로 하면 되잖아요. 하지만 보수는 많은 변수가 있는 대신 뜻하지 않게 개성 있는 공간이 나오죠." 성북동 집의 변화를 지켜본 건축가 승효상은 "천지개벽했네"라며 최미경을 격려해주었다고 한다.

그는 성북동 8 스텝스의 1층 창가 테이블에 앉아서 건너편 서울성곽을 바라보는 시간을 좋아한다. 집 고치느라 한참 고생하는데 성곽 주변 정비공사가 시작되더니 밤이 되자 가로등이 별처럼 반짝거렸다. 모든 고생을 한꺼번에 보상받는 느낌이었다. 문화는 시간의 축적이라고 그는 강조한다. "뭐든지 천천히 쌓아가는 게 좋은 것 같아요. 요즘 셰프가 많아지고 요리문화도 발전했는데 미세하게 살펴보면 어색한 부분이 있어요. 급하게 해서 그런 게 아닐까요."

자기 삶도 여유 있게 꾸리고 싶다는 그는 고향 부산의 명소인 해운대 달맞이고개에도 쿠킹클래스를 열었다. 20대 초반에 부산의 한 극단에서 연극배우로 활동했던 그는 강의를 하는 동안 연극배우가 된 것 같은

느낌이 들어 최선을 다하게 된다고 한다. '8 스텝스'는 삼청동 식당으로 올라가는 계단이 10개인 데서 지어진 이름이다. 10 스텝스에 이르기 위해 늘 노력하는 자세, 그것이 '8 스텝스'라고 믿고 있다.

### 최미경

1961년 부산에서 태어나 대학을 졸업하고 5년간 극단 레파토리시스템 소속 연극배우로 활동했다. 『행복이 가득한 집』 등 월간지에 요리 칼럼을 게재했으며 현대카드 하우스 오브 더 퍼플, 브레댄코 등의 자문으로 활동했다. 숙명여자대학교 코르동블루 과정을 마친 뒤 '8 스텝스'라는 이탈리안 레스토랑을 열어 11년간 운영했다. 서울 성북동과 부산 해운대에서 쿠킹클래스를 열고 있다.

# 음악이 아날로그의 온기로
# 마음을 채운다

▼

### 한의사 최윤욱의 '까망까레'

## 아날로그의 즐거움

한의원 아래 LP바. 최윤욱은 이 꿈을 이루었다. 서울 사당동 한의원 지하 1층에는 LP바 '까망까레'가 있다. 오후 7시 한의원 진료가 끝나면 그는 자정까지 LP바에 내려가 있다. 처음에 개인 청음실로 만들려던 공간인 만큼 와인을 파는 장사에는 큰 관심이 없다. 자신이 좋아하는 소리와 음악을 여러 사람과 나누고 싶을 뿐이다. LP바가 문을 닫는 일요일이면 까망까레는 온전히 그의 공간이 된다. 10시간 넘게 음악을 듣고 또 듣는다.

이곳에는 오디오 마니아로서 그의 25년 세월이 고스란히 녹아 있다. 경희대학교 한의과대학에 다니던 시절, 우연히 대구에 사는 한 선배의 집에서 오디오로 클래식 음악을 듣고는 소리에 반했다. 청계천에 가서 싼 기계와 LP를 구해다 듣기 시작했다. 군대에 다녀온 뒤 고용의를 거쳐 자신의 한의원을 개원하면서 여유가 생기자 오디오 세계에 본격적으로 빠져들었다. 기계를 사서 들어보고 뜯어 재조립하기를 무수히 반복했다. 1997년부터 하이텔 하이파이동호회를 비롯해 『스테레오파일』, 『오디오』 등 여러 잡지에 자신이 사용해본 오디오에 대한 평을 쓰기도 했다.

"제가 들어본 기계가 아마 3,000종은 될 걸요." 그는 특히 아날로그 전문가다. 아날로그란 LP를 가리킨다. 1990년 무렵 디지털 기술의 산물인 CD가 나오기 시작했고 LP시장은 점점 축소되었다. 대세가 CD로 기울면서 LP를 듣던 사람들이 음반과 기계를 내다 버렸다. 그도 CD를 들어보았다. 그러나 CD 소리는 쉽게 피로감을 주기 때문에 음악을 3~4시간 이상 들을 수 없었다. 종이책과 전자책의 차이와 비슷하다.

갈림길에서 그는 LP를 선택했다. CD와 LP는 단순히 음원의 문제가 아니다. 오디오는 크게 음원, 플레이어, 앰프, 스피커로 나뉘는데 LP를 음원으로 택할 경우 플레이어에 해당하는 턴테이블과 카트리지, 톤암이 CD에 비해 추가된다. 앰프 역시 CD를 들을 때는 프리앰프와 파워앰프(합치면 인티앰프)로 충분하지만 LP는 포노앰프까지 갖춰야 한다. 쉽게 상하고 생산이 중단된 LP를 구하는 것부터 시작해 플레이어의 구색을 갖추는 것, 앰프와 스피커를 연결하는 것까지 복잡한 과정이 필요하다.

"한마디로 험난한 길을 택한 겁니다. 그러나 아날로그가 주는 편안함과 즐거움은 무엇과도 바꿀 수 없지요." 음악을 듣는 동안 그는 아날로그에 여러 가지 신화가 덧씌워진 데 문제의식을 느꼈다. 옛날 기술인데다 CD처럼 분명한 소리가 아니기 때문에 '어떤 카트리지로 어떤 음

악을 들으면 천상의 소리가 난다더라'는 식의 유언비어가 많았다. 이런 낭설 속에 기계를 무작정 사고파는 일도 흔했다. 자신이 오랫동안 탐구한 지식을 공유하기 위해 책을 써야겠다고 결심하게 된 이유다.

그는 『아날로그의 즐거움』, 『굿모닝 오디오』, 『최윤욱의 아날로그 오디오 가이드』, 『굿모닝 오디오: 하이엔드 편』, 『아날로그 가이드북』 등 5권의 책을 펴냈고 빈티지(하이엔드가 나온 1980년대 이전) 오디오와 모노(스테레오가 나온 1960년대 이전) 사운드에 대한 책을 준비하고 있다. 각종 아날로그 오디오의 매뉴얼을 담은 『1940년대 북미방송협회 핸드북』이라는 귀중한 자료를 구했고, 오디오평론가로서 새 기계가 국내에 들어올 때마다 청음해온 노하우가 전문서 집필의 바탕이 되었다.

### 나만의 음악 공간을 만들다

그의 책이 아날로그 이론을 전달한다면, 2016년 문을 연 LP바 까망까레는 아날로그 음악을 들려주는 공간이다. LP바를 만들 기회는 뜻밖에 찾아왔다. 최윤욱이 10년간 임대로 한의원을 운영하던 건물이 지난해 매물로 나왔다. 지하철 사당역 10번 출구로 나와 왼쪽 골목으로 접어들면 상업시설이 모여 있는데 그곳 5층 건물이다. 아파트에 살면서 한의원으로 출퇴근하다 집과 직장을 합치기로 했다. 1층은 한의원, 2층과 3층은 임대, 4층과 5층은 살림집으로 꾸몄다. 그 후 우연히 지하에 내려가 보았다. '내가 왜 이렇게 작지'라고 느끼는 순간, 천장 높이 3미터가 넘어 음악 듣기에 안성맞춤이라는 생각이 들었다.

LP바로 꾸미는 건 생각보다 쉽지 않았다. 전문업체에 맡길 경우 인테리어를 알면 소리를 모르고, 소리를 알면 세련된 인테리어가 나오지 않았다. 고민 끝에 직접 고치기로 했다. 철공소와 철물점을 운영하던 아버지에게서 물려받은 손재주에다 오랫동안 턴테이블 받침대나 스피커 인클로저를 만들면서 철판과 목재를 다루는 능력에 자신이 붙었다. 더욱이 오랫동안 꿈꾸던 청음실이라니……. 벽과 바닥부터 수도, 전기, 도장, 덕트까지 법으로 금지된 소방공사를 제외하고는 모두 직접 했다. 하루 5~6시간, 바쁜 날은 1~2시간씩 일해 꼬박 6개월이 걸렸다.

중요한 건 소리를 흡수하는 벽이다. 좁은 아파트에서 음악을 듣던 사람들은 공간만 넓으면 볼륨을 높여 좋은 소리를 들을 수 있다고 착각한다. 그러나 공간이 넓어질수록 적절한 흡음시설이 필요하다. 고음과 중음, 저음이 고루 살아 있는 공간을 만들기 위해 벽에다 격자형 목재 골조를 촘촘히 세운 뒤 고음과 중음을 흡수하는 흡음재, 저음을 흡수하는 판과 항아리를 넣고 다시 목재로 마감했다. 바닥도 체육관처럼 튼튼하게 만들었다. LP를 보관하는 수납장, 주인과 손님의 공간을 나누는 스탠드, 주방과 별실을 가려주는 칸막이도 필요했다.

이렇게 마련된 공간에 오디오를 배치하는 일은 더욱 중요하다. 자신

이 갖고 있는 오디오 가운데 최상의 물건이 LP바로 내려갔다. 턴테이블은 렌코 G88, 체인저는 토렌스 TD224, 포노앰프는 직접 설계해서 공동구매 방식으로 제작한 클라디오, 프리앰프 역시 수제품, 소리의 질을 결정하는 데 가장 중요한 파워앰프와 드라이버(중음 스피커)는 까망까레 제품으로 설치했다. 까망까레Gaumont Kalee는 프랑스 고몽과 영국 칼리가 합작해 1950년대 극장용 영사기와 오디오를 생산한 회사다. 국내에 3대밖에 없는 앰프를 그가 모두 갖고 있다. 이 밖에 러시아 극장에서 쓰던 키넵 18인치 전자석 우퍼(저음 스피커)가 이곳의 자랑이다. 볼륨을 높여도 소리가 째지지 않는다.

"전체적으로 어둡고 멜랑콜리한 음색을 만들려고 했습니다. 음악을 듣는 건 위안을 얻기 위해서죠. 흔히 밝은 음악이 지친 마음을 치유해준다고 생각하지만, 슬플 때는 더 슬픈 음악을 들어야 이겨낼 수 있습니다." 보통 사람들이 좋아하는 올드팝이나 대중가요, 재즈에 맞도록 튜닝했다. 쳇 베이커Chet Baker의 〈마이 퍼니 발렌타인〉, 김광석의 〈사랑했지만〉 등 친숙한 노래들이 공연장에서 듣는 것처럼 생생하게 울려 퍼진다.

"음악 감상과 대화를 함께할 수 있어야 합니다. 볼륨이 커도 상대방의 말이 잘 들려야 한다는 뜻이죠. 그러다가 대화를 멈추는 순간 음악이 귀에 확 들어와야 해요." 그는 아직까지 공간이 80점, 사운드가 61점이라고 자평한다. 조금씩 바꿔가면서 사운드가 90점에 가깝도록 튜닝하는 게 그의 목표다.

### 사람마다 좋아하는 소리가 있다

그에게 음악의 원형은 고향인 전북 군산에 속한 섬 개야도에서 듣던 당산굿이나 풍물놀이 장단이다. 목숨을 걸고 바다에 나가는 섬사람들에게는 음주가무가 흔하고 씻김굿도 자주 열린다. 중학교 3학년 때부터 육지로 나와 군산에서 학교를 다녔지만 일찍이 이런 음악을 접했던 탓에 그는 저음을 좋아하고 고음을 싫어한다. 다시 말해 저음에는 민감

하게, 고음에는 예민하게 반응한다. "각자 겪은 음악적 환경, 청력과 두상, 시대 조류가 다르기 때문에 사람마다 좋아하는 소리가 다르다"며 "자신이 좋아하는 소리를 찾아가는 과정이 오디오를 하는 재미"라고 한다.

그는 다양한 장르의 음악을 즐기지만 특히 국악과 클래식을 좋아한다. 국악은 감성을 곧바로 파고드는 매력이 있다. 육자배기는 슬프고 풍물놀이는 흥겹다. 판소리의 임방울, 가야금 산조의 황병기처럼 잘 알려진 국악인 외에 김현수나 안향년, 신쾌동의 음반을 즐겨 듣는다. 클래식은 대학생이던 그를 음악으로 인도한 장르다. 4,500장의 LP 가운데 클래식이 2,500장이다. 어릴 때는 어렵고 지루한 음악으로만 여겼으나 "베토벤 현악 4중주를 들으면서 마약에 취한 것 같은 느낌을 가졌던 경험" 이후 클래식에 빠져들었다. "오래 음악을 들으면 클래식을 좋아하게 되죠. 다음이 어떻게 전개될지 예측하면서 듣는 지적이고 논리적인 음악이니까요." 바흐에서 베토벤, 브루크너, 말러로 이어지는 이 지적 계보의 취향이다.

최윤욱은 "아무리 시대가 바뀌어도 아날로그는 사라지지 않을 것"이라고 믿는다. 음반 판매량, 인터넷 동호인수 등을 고려할 때 국내 음악 마니아는 40~50만 명, 오디오 마니아는 2~3만 명, 오디오 마니아 중 하이엔드는 1만 명(나머지는 빈티지)으로 추산된다. 음악 마니아는 중급 오디오로 음악 자체를 즐기면서 음원을 소비하는 계층, 오디오 마니아는 기계를 계속 바꾸는 계층이다. 흥미로운 대목은 음악 마니아 가운데는 여성이 많지만 오디오 마니아는 거의 남성이라는 점이다.

"남성에게 사냥꾼의 DNA가 남아 있기 때문이 아닐까요. 어떤 기계에서 어떤 소리가 날지 모르면서도 모험심으로 새 기계를 구하는 게 사냥과 비슷하잖아요." 신기술이던 CD마저 사양길로 접어들어 컴퓨터파일이 대세가 되었지만, LP 점유율이 10퍼센트 밑으로 내려가지는 않을 것이라는 게 그의 생각이다.

한의사이자 생활인으로서의 삶도 아날로그다. 그의 한의원에는 첨단 진단장비가 없다. 전통적인 방식으로 만져보고 들어보고 진단한다. 가급적 약을 많이 쓰지 않는 게 좋다고 생각한다. 그는 자전거 마니아이기도 하다. 보통 라이더들은 자전거로 춘천이나 강릉까지 완주에 도전하지만, 그는 서울 시내에서 돌아다니는 교통수단으로 사용한다. 자전거가 한의원 앞에 세워져 있고 그의 집으로 올라가는 계단 벽에도 걸려 있다. 그의 삶을 지배하는 '아날로그의 즐거움'이다.

## 최윤욱

1965년 전북 군산 개야도에서 태어나 경희대학교 한의과대학을 졸업했다. 1997년부터 한의원을 개업해 환자들을 진료하는 동시에 『스테레오파일』, 『오디오』에 리뷰를 쓰는 등 오디오평론가로 활동해왔다. 『아날로그의 즐거움』, 『최윤욱의 아날로그 오디오 가이드』 등 5권의 책을 펴냈으며 서울 사당동에 LP바 까망까레를 열었다.

# 6

남산 아래 골목마다
'문화'가 피었습니다

▼

핸즈BTL 대표 박동훈의 '필동 스트리트뮤지엄'

## 미술관이 된 골목길

경남 산청에서 중학교를 졸업하고 서울에 올라온 지 33년째 되던 해, 서울 중구 필동 핸즈BTL미디어그룹 집무실에 앉아 있던 박동훈 대표의 머릿속으로 어떤 생각이 스쳐 지나갔다. "나 혼자 누려도 될까? 지금 내가 갖고 있는 것을 동네 사람들과 나눠야 하지 않을까?" 필동과 충무로 일대는 10대에 인쇄소 직공으로 사회생활을 시작한 그가 애니메이션을 배우고 광고를 익히며 지금의 광고회사를 운영하기까지 학교이자 스승이 되어준 곳이다.

그로부터 3년. 필동은 세계 어디에서도 찾아볼 수 없는 거리 미술관으로 변했다. 남산한옥마을과 옛날 인쇄소들이 모여 있던 남산 1호 터널 주변 골목에 박스 형태의 작은 미술관 8개가 들어섰고, 도서관·공연장·레스토랑·베이커리 카페가 문을 열었다. 일제강점기에 지어진 낡은 집과 상가 건물이 옹기종기 모여 있던 도심에서 문화의 향기가 뿜어나기 시작했다.

박동훈 대표가 운영하는 핸즈BTL 사옥이 필동 24번지 현재의 위치로 이사 온 것은 2012년이다. 5층짜리 건물을 구입해 리모델링한 뒤 1층에는 레스토랑, 지하에는 쿠킹스튜디오를 만들었다. 1992년 설립

된 핸즈BTL은 풀무원, 해찬들 등 식품업계의 매장광고와 프로모션을
주로 해오면서 직원 50명, 연매출 90억 원 규모의 업체로 성장했다.

20년의 노력 끝에 임대가 아닌 자체 사옥을 마련한 뒤 박동훈 대표
는 회사 수익의 일부를 사회에 환원하는 방안을 고민하기 시작했다. 해
외여행을 다니면서 보았던 유명 미술관이 떠올랐다. 자신은 철들어 전
시회 도록을 만들면서 처음 미술작품을 접했는데, 이 동네 아이들은 일

부러 미술관에 가지 않고도 거리에서 작품을 마주치면 좋겠다는 생각이 들었다. 특히 영국 런던에서 보았던 테이트모던미술관이 인상적이었다. 미술관과 동네의 경계 없이 예술이 사람들의 삶에 녹아들었기 때문이다.

회사 건물이 있는 작은 삼거리에 1호 미술관 '모퉁이'가 2014년 12월 문을 열었다. 기획재정부에서 130만 원에 구입한 1평 땅에다 쇼윈도형 유리 조형물을 만들어 작품을 넣고 작가를 소개하는 안내판을 세웠다. 2호 '우물', 3호 '이음', 4호 '골목길'은 남산한옥마을 안의 오른쪽 순환도로변에 자리 잡았다. '우물'은 사각형 우물 형태로 만들어 밑을 내려다보며 작품을 감상하게 만들었다. '이음'은 한옥의 기와와 서까래 형태에서 영감을 받았으며 '골목길'은 미술관 안에 또 하나의 작은 미술관이 들어 있다.

3곳을 보면서 남산한옥마을 후문으로 빠져나오면 남산 1호 터널에서 내려오는 도로변이다. 도로를 따라 걸어 내려오다 오른쪽으로 삼익아파트를 만난다. 5호 '둥지'와 6호 '사변삼각'은 이 아파트 주변에 숨어 있다. 나뭇가지로 지은 새 둥지처럼 생긴 '둥지'는 육교 밑이다. 국토교통부에서 불하받아 그 공간에 둥지 모양을 만들고 가운데를 지나가면서 양쪽으로 작품을 보도록 했다. 아파트가 소유한 공지空地였던

'사변삼각'은 삼각형 땅에 사각형 전시 공간을 만들었다고 해서 붙인 이름이다. 높이가 6미터나 되어 큰 작품이 들어간다.

사옥에서 시작해 남산한옥마을을 통과한 뒤 다시 사옥으로 이어지는 시계 방향 고리 형태로 미술관이 세워졌다. 이어진 7호 '컨테이너'는 지하철 충무로역 4번 출구와 가까운 도로변에 컨테이너 박스를 이용해 만들었고, 8호 '벽'은 남산한옥마을 주차장 한쪽에 관리실 모양으로 서 있다. 한 점씩 들여다보면서 30~40분에 걸쳐 8개 미술관을 돌고 나면 묘한 충만감이 든다. 화이트 큐브에 모아놓은 작품을 보았을 때와는 다른 느낌이다.

## 필동의 재발견

"스트리트뮤지엄을 만들면서 필동에 대해 공부하기 시작했습니다. 조선시대 관립 교육기관 사학四學 중 하나인 남학당이 있던 유서 깊은 곳이더군요. 현대에는 영화, 광고, 사진, 인쇄가 발전했던 장소고요. 이런 필동의 역사적 맥락을 살리면서 재개발이 아닌 재발견을 추구했습니다."

작은 미술관을 짓겠다는 당초 그의 계획은 조금씩 커졌다. 사옥 1층의 '24번가 레스토랑' 맞은편에 '24번가 베이커리'가 문을 열었고 그 옆에는 '24번가 서재 남학당'이 들어섰다. 다시 맞은편에는 공연장 '코쿤뮤직'이 완공되었다. 사옥, 서재, 공연장이 골목을 사이에 두고 삼각으로 마주 앉은 모양이다. 서재가 조선시대 남학당과 금속활자를 만들던 주자소와 현대 인쇄골목의 전통을 이었다면 복합문화공간인 공연장은 충무로에서 꽃핀 영화, 광고 등 대중문화의 상징이다.

서재 1층에서는 이해인 수녀, 박찬욱 영화감독을 시작으로 명사들과의 만남이 진행된다. 네이버와 협업한 '시 쓰는 수녀 이해인의 서재'가 진행되는 동안 그의 책들이 서가에 꽂히고 강연도 들을 수 있다. 2층은 세미나와 문화행사를 할 수 있는 공간으로 꾸몄다. 일제강점기에 지은 2층 연립주택의 원형을 보존해 3층에 올라가면 유리창을 통해 기와를 걷어낸 나무 지붕이 보인다. 소문을 듣고 찾아온 미술사학자 유홍준은 유리에 '儉而不陋 華而不侈(검이불루 화이불치, 검소하지만 누추하지 않고 화려하지만 사치스럽지 않다)'라는 문구를 써주었다.

누에고치 모양의 은빛 건물 '코쿤뮤직'은 큰 무대에 서기 어려운 젊은 뮤지션들에게 공연 기회를 제공한다. 무대와 70개 객석이 평평하게 이어졌고 2층에서도 내려다볼 수 있다. 무대 바닥에는 그랜드 피아노를 지하로 옮길 수 있는 승강기가 달려 있다. 영국의 극장에서 나왔다

는 빈티지 의자는 옛날 영화관을 떠올리게 한다.

3년여에 걸쳐 스트리트뮤지엄과 서재, 공연장으로 구성된 필동 타운 프로젝트가 거짓말처럼 탄생했다. 박동훈 대표는 "계획보다 일이 커졌다. 주변에서 많이 격려하고 도와주면서 제대로 해야겠다는 생각이 들어 욕심을 부렸다"고 말했다. 건물 짓는 비용이 들어갈 때는 한 달에 7,000만 원, 운영비만으로도 2,000~3,000만 원이 꾸준히 들어간다. 광고업이 하향세를 타는 요즘, 중견업체로서는 무시할 수 없는 금액이다. 지속가능한 공간으로 정착시키겠다는 생각이 그를 끌고 가는 힘이다.

스트리트뮤지엄 전시에는 많은 작가가 힘을 보탰다. 최울가, 강형구, 백남준, 그레고리 스콧, 김종구, 강병인, 김소연, 최정윤, 강주리 등 작가들은 취지에 공감해 선뜻 작품을 내주었다. 작품비는 따로 못 주고 보험과 운송비, 식음료를 제공한다. 캘리그래퍼 강병인은 스트리트뮤지엄의 서체와 로고를 만들어주었다. 걸으면서 본다는 뜻으로 세로획의 끝이 왼쪽으로 꺾여 걷는 발처럼 보인다. 서애로(충무로 5가에서 필동 3가를 잇는 왕복 2차선 도로)와 남산 1호 터널 도로변을 중심으로 스트리트뮤지엄은 계속 늘어나고 있다.

## "별명이 원래 미친놈, 똘빡"

첫 3년간 만든 스트리트뮤지엄의 디자인은 모두 박동훈 대표의 솜씨다. 앞으로는 건축가들에게 설계를 의뢰해 그들의 이름을 단 미술관을 세울 계획이다. 그런데 미술관뿐만이 아니다. 서재와 공연장, 레스토랑과 카페의 디자인도 그의 작품이다. 이런 전방위 디자인은 놀랍게도 독학으로 쌓은 실력에서 나왔다.

일찍 아버지를 여읜 그는 서울로 돈 벌러 간 어머니 대신 고향의 외할머니 품에서 자랐다. 중학교를 졸업한 뒤 서울로 와보니 호떡장사를 하던 어머니는 집도 없이 수레에서 잠을 잘 정도였다. 처음 동네 형들과 함께 청계천에서 폐지를 줍다가 충무로 인쇄소에서 스티커를 떼는 일을 했다. 그러던 어느 날 폐지에서 재미있는 그림을 발견했다. 일본 애니메이션을 하청받아 제작하던 회사에서 나온 것이다. 그곳으로 찾아가 종이 나르는 일부터 하다가 애니메이터가 되었다. 그러나 단순작업에 싫증이 나서 3년 만에 그만두었다.

식당을 차리고 싶던 그는 중국집 배달원으로 취직했다. 사장이 주방일을 맡으라고 하자 다시 그만두고 인쇄골목으로 돌아왔다. 1986년 보드에 광고물을 붙이는 회사에 들어갔다. 광고와 디자인의 세계에 입문

한 것이다. 86아시안게임, 88서울올림픽 등으로 경기가 좋고 광고 수요도 늘던 시점이어서 눈코 뜰 새 없이 일하면서 광고와 홍보, 디자인 실무를 익혔다.

이렇게 현장에서 온몸으로 부딪치면서 배우는 동안 정규교육은 서울예림미술고등학교(현재 서울미술고등학교) 2학년을 중퇴한 게 전부다. 처음 들어갔던 덕수상업고등학교(현재 덕수고등학교)의 미술 교사가 『꼬리에 꼬리를 무는 영어』라는 책으로 유명해진 한호림 선생님이었는데 그에게 미술을 배우라고 권유했다. 돈 때문에 중퇴했지만 아버지에게 물려받은 손재주와 타고난 눈썰미를 바탕으로 디자이너, 기업가로 성공했다.

"미술대학 졸업하고 외국 유학까지 다녀오려면 돈이 얼마나 필요한지 직원에게 계산해보라고 했습니다. 수억 원은 들었겠더라고요. 저는 그걸 필동에서 배웠으니 이 동네에 환원하는 건 당연한 일이라고 생각했어요." 처음에는 영화, 광고, 사진, 인쇄 분야의 기념관을 하나씩 지으려고 생각하다가 어느 분야든 순수미술에 젖줄을 대고 있다는 생각에 미술관을 짓기로 했다.

바닥부터 일을 배웠듯이 필동 타운 프로젝트도 바닥부터 시작했다. 먼저 필동 주민자치위원회에 들어갔다. 스트리트뮤지엄을 '마을공동체

사업'에 응모해 2등 상금으로 250만 원을 지원받았다. 당시 심사위원들은 훌륭한 내용이지만 실현 가능성이 없으므로 1등이 아닌 2등상을 주자는 데 뜻을 모았다. 그러나 몇 년 지나지 않아 몽상은 현실이 되었다. 박동훈 대표는 "제 별명이 원래 미친놈, 똘빡"이라고 했다. 지난 삶이 이를 입증한다.

그는 청바지에 티셔츠를 입은 채 골목을 뛰어다닌다. 하드웨어는 웬만큼 완성되었으나 소프트웨어는 아직 시간이 필요하다. 기업에서 하는 일인 만큼 사업과 관련이 있지 않을까 의심의 눈길도 많다. 그래서 '명석'이란 이름의 문화재단을 만들어 필동 타운 프로젝트에 공공성을 도입하고자 한다. 한 개인의 결심이 퇴락한 도심에 변화의 바람을 일으킨 놀라운 현장이었다.

**박동훈**

1964년 경남 산청에서 태어나 중학교를 졸업한 뒤 1979년 서울로 왔다. 인쇄소, 식당에서 일하면서 덕수상고를 거쳐 예림미술고를 다니다 2학년 때 중퇴했다. 1986년 광고업계에 들어온 뒤 POP뱅크 디자인팀장을 거쳐 1992년 핸즈BTL미디어그룹의 전신인 POP핸즈를 설립해 주로 식품업체의 매장광고와 프로모션을 맡았다. 2013년부터 스트리트뮤지엄을 비롯한 필동 타운 프로젝트를 추진하고 있다.

# 집이 사람이다

ⓒ 한윤정 · 박기호, 2017

초판 1쇄 2017년 12월 26일 펴냄
초판 2쇄 2018년 12월 10일 펴냄

지은이 | 한윤정
사진 | 박기호
펴낸이 | 강준우
기획 · 편집 | 박상문, 김소현, 박효주, 김환표
디자인 | 최원영
마케팅 | 이태준
관리 | 최수향
인쇄 · 제본 | 대정인쇄공사

펴낸곳 | 인물과사상사
출판등록 | 제17-204호 1998년 3월 11일

주소 | 04037 서울시 마포구 양화로7길 4(서교동) 2층
전화 | 02-325-6364
팩스 | 02-474-1413

www.inmul.co.kr | insa@inmul.co.kr

ISBN 978-89-5906-485-4 03810

값 17,000원

이 저작물의 내용을 쓰고자 할 때는 저작자와 인물과사상사의 허락을 받아야 합니다.
파손된 책은 바꾸어 드립니다.

이 도서의 국립중앙도서관 출판시도서목록CIP은 서지정보유통지원시스템 홈페이지
(http://seoji.nl.go.kr)와 국가자료공동목록시스템(http://www.nl.go.kr/kolisnet)에서
이용하실 수 있습니다. (CIP제어번호: CIP2017033257)